hänssler

MICHAEL BAMBERGER

Die Russin

Roman

Der Autor wurde 1922 in Berlin geboren und verlor recht früh seine Eltern. Im 2. Weltkrieg befand er sich drei Jahre in der Gefangenschaft in den USA. Nach dem Krieg war in der Industrie tätig und schrieb Drehbücher mit Weltraum- und Friedensthemen …
Dieses Buch, über das Schicksal seiner Mutter, ist das letzte Vermächtnis am Ende seines langen Lebens.

Hänssler
Bestell-Nr. 394.103
ISBN 3-7751-4103-0

Internet: www.haenssler.de
E-Mail: info@haenssler.de
Umschlaggestaltung: Jens Vogelsang, Aachen
Titelbilder:
St. Petersburger Auferstehungskirche: dpa (Hubert Link)
Porträt: privat
Hände: GettyImages (Antonio Mo)
Brandenburger Tor: Edmond Van Hoorick
Satz: AbSatz, Klein Nordende
Druck und Bindung: Ebner & Spiegel, Ulm
Printed in Germany

Inhalt

Vorwort

Die Jugend Europas verblutete in mörderischen Grabenkämpfen! Ihre zerfetzten Leiber ruhten im Massengrab: gefallen für das teure Vaterland, pour la patrie, for the fatherland! Sie waren die Besten, die Gesündesten, die Elite ihres Volkes, durchdrungen von Idealen, erzogen mit ethischen Werten der abendländischen Kultur. Den posthumen Segen, den Dank des Vaterlandes, bezeugte die Nachwelt mit monumentalen Kriegerdenkmalen, in getreuer Pflichterfüllung, traditionsbewusster Heldenverehrung. Mit euphorischer Begeisterung wurde die Mobilmachung des Kaisers begrüßt. Viele zogen, beglückt aus der bürgerlichen Enge ausbrechend, freiwillig ins Feld. Doch der Rausch am Mythos der Ästhetik des Kampfes wich bald dem Entsetzen vor dem irrwitzigen Blutvergießen! Die patriotischen Hurra-Hurra-Rufe: »Lang lebe der Kaiser, der König, die Republik, der Zar« ... begannen an den Kriegsfronten, im Osten und im Westen, zu ersticken! Ausgenommen die Stimmen der Lokalpatrioten in den Wirtshäusern der Heimatfront. An den Stammtischen wurde das heldenhafte Sterben ihrer Söhne für Kaiser und Vaterland in stolz verklärter Rührseligkeit gepriesen. »Lieb Vater land, magst ruhig sein.«

Das vermeintlich schnelle siegreiche Ende des Krieges, wie es Kaiser Wilhelm II. und seine Generäle der deutschen Nation jubelnd vorhergesagt hatten, wurde zu einer trügerischen Prophezeiung hochmütiger Selbstüberschätzung! Europa wurde heimgesucht vom fürchterlichsten Krieg seiner Geschichte. Der Erste Weltkrieg wird zum unvorstellbaren Massenmord mit technischen Mitteln. Doch der erniedrigende Gedanke an eine Niederlage kam dem deutschen Kaiser aus Gottes Gnaden nicht in den Sinn. Siegesgewiss, überzeugt von seiner Unfehlbarkeit, entschloss sich der Kaiser zu einer riskanten, folgenschweren Kriegsstrategie, um einen Zweifrontenkrieg zu umgehen. Geschwächt in gnadenlosen Prestige-Schlachten an der französischen Somme, in Verdun, in Flandern, gegen die deutschen Streitkräfte Kaiser Wilhelm II. sammelten sich die alliierten Armeen Frankreichs, Britanniens mit Unterstützung der Truppen der freien Welt Amerikas zu einer Großoffensive.

Noch ahnte die Welt nicht, welches Ausmaß die beginnende Revolution in Russland nehmen würde. Die Folgen, der zynische Entschluss des deutschen Kaisers, einen dubiosen Pakt mit einem scheinbar bedeutungslosen, russischen Revoluzzer einzugehen, würden die Fundamente der alten Welt heillos erschüttern. Eine Revolution im Großrussischen Reich sollte den Vetter des Kaisers, den Zaren aller Reußen, Nikolaus II. zum Abschluss eines Separatfriedens mit Deutschland zwingen. Über eine Million Deutsche und österreichische Truppen könnten somit von der Ostfront an die Westfront gegen die alliierte Armee konzentriert werden. Für diese umwälzende Perspektive waren dem deutschen Kaiser 50 Millionen Reichsmark in Gold wahrscheinlich nicht zu viel. Immerhin ging es um den Sturz der Zarenherrschaft und darum, ein größtmögliches Chaos im Russischen Reich durch militante Revolutionäre zu schaffen.

Ein deutscher Sieg gegen den Erzfeind Frankreich und seiner Verbündeten wäre mit diesem strategischen Geniestreich des Kaisers und seiner treu ergebenen Reichswehrgeneräle besiegelt. Die Geschichte lehrt: Man weiß immer wie ein Krieg beginnt, aber nie wie er endet! Eine historische Weisheit, die in den Köpfen von Herrschern, Feldherrn und Generalstabsstrategen aller Zeiten keinen Platz hat. Es erforderte einen intelligenten Kopf, einen strategisch genialen Organisator, der trotz der Ochrana, der allgegenwärtigen Geheimpolizei, ein dichtes Netz der Revolution über das großrussische Land spannen konnte.

Der dynamische Lauf der Geschichte hatte vorgesorgt: Diese Person war bereits geboren, hatte einen Namen: Wladimir Iljitsch Uljanow. Sein Deckname: LENIN! Dieser Kopf wurde vom Schicksal und dem deutschen Kaiser dazu auserwählt, der langen autokratischen Herrschaft der Romanows ein Ende zu bereiten. Er war 47 Jahre alt, klein von Gestalt, hatte einen kahlen, runden Schädel bis auf einen Haarkranz, kleine dunkle Mongolen-Augen und einen Spitzbart. Er lebte in armseligen Verhältnissen, in einem finsteren, spärlich möblierten Zimmer, neben einer stinkenden Wurstfabrik in Zürich, Spiegelgasse 14, als emigrierter Führer einer kleinen extremen revolutionären Partei. Welch eine Ironie der Weltgeschichte, dass dieser unscheinbare Mann ohne die finanzielle Hilfe des Kaisers des deutschen Reiches, der das konservative kapitalistische System verkörperte, das ja Lenin zerstören wollte, nie erreicht hätte, was er später der Welt bescherte: den Beginn der sozialistischen Weltrevolution! Die Errichtung eines sozialistischen Arbeiter- und Bauernstaates!

Nach der Freilassung aus der sibirischen Verbannung in die Schweizer Emigration hatte Wladimir Iljitsch Uljanow die Hoffnung schon aufgegeben, jemals die Zügel der russischen Revolution als deren Führer in die Hand nehmen zu können. Tiefe Depressionen, der Mangel an Geld, um die täglichen Bedürfnisse bestreiten zu können, zehrten an seiner Lebenskraft. Die ersehnte Rückkehr nach Russland war von den europäischen Regierungen total blockiert. Das erforderliche Durchreisevisum wurde ihm von den Behörden verweigert.

Für die deutschen Streitkräfte an der Westfront entstand eine bedrohliche Lage, die ein schnelles Handeln erforderte. Nur ein enger Kreis, dem Kaiser treu ergebener Offiziere und Diplomaten, unter Mitwirkung des kaiserlichen Geheimdienstes, wurde in die Einzelheiten der streng geheimen Staatssache eingeweiht. Das erkennbare Risiko, dass Lenins Plan zur Weltrevolution sich über die Grenzen hinaus auch in Deutschland verwirklichen könnte, war dem Kaiser ein zu absurder Gedanke. Eine Revolution im eigenen Reich, wo Gesetz und Ordnung zu den höchsten Tugenden der Nation gehörten, entsprach nicht dem deutschen Wesen. Dass ihn zugleich das gleiche Schicksal ereilen könnte, wie seinen Vetter, dem Zaren, passte nicht in das egomane Herrschaftsbild des Unbesiegbaren. Lenin war für die deutsche Kriegspolitik von zu hoher Bedeutung.

Im Kriegsministerium, in der Berliner Wilhelmstraße, fielen die Würfel, die Wilhelm II. zum Handlanger der sozialistischen Weltrevolution machten. Er erteilte seine Zustimmung, Lenin mit 32 seiner Anhänger, in einem plombierten Waggon unter dem Schutz des Kaisers über Deutschland, quer durch Europa, nach Russland zu schleusen. Der plombierte Waggon, der den exterialen Status einer ausländischen Botschaft hatte, war die Geheimwaffe des Kaisers, deren explosive Wirkung auch seiner eigenen Monarchie den Boden entziehen sollte. Die Geheimwaffe Lenin, ausgestattet mit der goldenen Reichsmark des deutschen Kaisers, hatte dessen Erwartung weit übertroffen.

In St. Petersburg wurde durch Massendemonstrationen mit streikenden Arbeitern und desertierten Soldaten der Zaren-Armee Chaos ausgelöst. Das war Teil der gezielten Agitation und Strategie zur Machtübernahme der Bolschewiki durch ihren, auch in den eigenen Reihen umstrittenen, Führer Lenin. Die Wirkung und Macht der gedruckten Medien, gefüttert mit unbegrenztem Kapital aus den Spezialfonds des Kaisers, spaltete die bürgerliche Gesellschaft in einen unerbittlichen Klassenkampf, so wie Lenin es vorausgesagt hatte!

Für den deutschen Kaiser war Lenin nur eine Marionette. »Es ist aus mit ihm, sobald er seine Schuldigkeit getan hat«, ließ er abwertend voller Verachtung über ihn verlauten. Lenins massive Agitation innerhalb der russischen Streitkräfte zeigte eine verheerende Wirkung. Die Auflösung der Fronttruppen, die sich in Scharen der bolschewistischen Arbeiterbewegung anschlossen, ließ die Ostfront zusammenbrechen.

Als die preußische Generalität die Gefahr und die katastrophalen Auswirkungen der fatalen Schaukel-Diplomatie ihres Kaisers erkannte, war der Siegesrausch zu Ende. Nun war nicht nur das Vaterland in Gefahr, sondern die Kultur des Abendlandes, die vor den roten Horden geschützt werden musste. Das Gebäude der europäischen Zivilisation begann einzustürzen.

Die russische Armee spaltete sich in zwei feindliche Lager. Die weiße Armee, die getreu zu ihrem Zaren stand, kämpfte verzweifelt um ihr Überleben und die rote Armee, die sich der Revolution anschloss. Unter dem Kommando der Bolschewiki-Funktionäre wurde sie zur roten Volksarmee.

Der Zusammenbruch der Monarchien nahm seinen geschichtlichen Lauf im unaufhaltsamen Untergang des Abendlandes. Um der Nation der Dichter und Denker gegenüber der Geschichte ein moralisches Alibi zu bewahren, nicht auf der falschen Seite agiert zu haben, beeilte sich die preußische Diplomatie in der Berliner Wilhelmstraße zu einer späten versöhnlichen Geste an den Zaren! Trotz heftiger Opposition von Feldmarschällen, die inzwischen ihre Zweifel am politischen Weitblick ihres Kaisers äußerten, wurde ein preußisches Expeditions-Kommando zusammengestellt, um alliierte Truppen im Kampf gegen die rote Armee an der Seite der weißen Armee zu unterstützen.

Für den tapferen, besonnenen Rittmeister Bredow, der seine Schwadron mit kampferprobten Kavalleristen an die baltische Westfront führte, wurde diese Expedition zu einer dramatischen Wende seines jungen Lebens und zu einer schicksalhaften Begegnung!

Erster Teil

St. Petersburg

1917

Über die Gestade des tiefblauen Newa-Flusses erstrahlte erhaben die goldene Kuppel der St.-Isaaks-Kathedrale von St. Petersburg. Aus dem Inneren ertönte russisch-orthodoxer Kirchengesang, dessen reiche Melodien die Herzen der dicht gedrängten Gemeinde vereinten. Blendend, ins Auge springende Farben der prächtigen Fresken und Ikonen verzierten den inneren Raum, mystisch verborgen durch sich auflösende Wolken des Weihrauchs, die langsam hoch in den majestätischen Dom aufstiegen. Priester in reich geschmücktem Ornat intonierten die altliturgische Messe nach frühzeitlich orthodoxem Brauch. Eine unvoraussehbare Zukunft bedrohte die verängstigten Menschen, die Erlösung, Kraft und Hoffnung durch Gottes Wort erwarteten.

Plötzlich stürmte eine Menge von trotzig vereinten Proletariern den Kirchplatz und bewegte sich zum Portal der St.-Isaaks-Kathedrale, wo sie heftig gegen die massiven, bronzenen Eingangstore schlugen, die verschlossen waren. Davon nicht abgeschreckt, begannen die zu allem entschlossenen, gewaltbereiten Massen ihren eigenen Gesang zu intonieren: die »Internationale«. Im Wettgesang kollidierten die Stimmen der Vergangenheit mit den Stimmen der Zukunft in einem donnernden Chor. Es waren Geburtswehen, die eine neue Zeit symbolisierten: das neue Russland! Die »Internationale« triumphierte.

Angespornt von fanatischen Agitatoren mit wütenden Parolen: »Kommt heraus, sonst holen wir euch ... Die Priester können euch nicht retten ... Das sind alles Lügner« drückte der aufgebrachte Mob mit aller Kraft gegen die nachgebenden Tore. Mit Gewehrsalven, explodierenden Granaten, lautem Geschrei und ohrenbetäubendem Lärm wurden die Tore ins Innere der Kathedrale schließlich aufgebrochen. Chaos herrschte unter den von Panik befallenen Gläubigen, die durch Flucht in verschiedene Richtungen versuchten, dem drohenden Massaker zu entkommen! Der souveräne Metropolit, mit seinen assistierenden Popen, blieb ruhig und gelassen, wie ein Fels in der Brandung: Seine mächtige Stimme ermutigte die Gläubigen, den Lobgesang fortzusetzen. Sein Weihrauchgefäß schwingend, traf er gelegentlich die Köpfe der grölenden Aggressoren, die versuchten, den Gesang zu unterbrechen.

Anna, die sichtlich verwöhnte, kaum 17 Jahre alte, schöne adelige Tochter von Alexander Petrovka, einem hohen Beamten des Zaren, war über den plötzlich gewaltsamen Einbruch und die Bedrohung der friedlichen Kongregation zu Tode erschrocken. Verzweifelt wehrte sie sich gegen die handgreiflich werdenden Invasoren. Ein junger Pope erkannte Annas gefährliche Bedrängnis. Mutig ergriff er ihre Hand und führte sie hinter das Sanktuarium durch die tiefen Katakomben der Kathedrale zu einem geheimen Seitenausgang, der ins Freie führte. Von dort konnte sie unerkannt in ihr Elternhaus flüchten.

Anna lebte mit ihrem Vater und ihrer Mutter Florentine in einem vornehmen Stadtpalais. Ihre beiden Brüder Mitka und Sascha Petrovka dienten in der Armee des Zaren als junge Garde Offiziere an der Westfront.

Erschöpft und verwirrt stürzte Anna in die offenen Arme ihres Vaters, der sie liebevoll zu beruhigen versuchte, während sie weinend mit erstickter Stimme von ihrem erschütternden Erlebnis in der St.-Isaak-Kathedrale berichtete, aus der sie gerade entkommen konnte.

Alexander Pavlovitsch Petrovka, 55 Jahre alt, war ein loyaler Beamter im Kabinett des Zaren Nikolaus II., gleichzeitig sein vertrauter Berater bei kritischen Entscheidungen. Er wusste um die ernste Gefahr der eskalierenden Revolution, von der das Regime des Zaren bedroht war, auch dass er selbst mit seiner Familie nicht verschont bleiben würde. Seine große Sorge galt seiner bisher von der Härte des Lebens wohl behüteten Ehefrau Florentine sowie seiner unerfahrenen, noch jungfräulichen Tochter Anna. Er wollte sie vor den brutalen roten Horden der Bolschewiki, die gnadenlos jeden Bourgeois verfolgten, in Sicherheit bringen. Vorsorglich hatte er für sie einen Fluchtplan vorbereitet. Die Zeit zum Handeln war nun gekommen!

In formaler Offiziersuniform gekleidet, geschmückt mit der höchsten Ehrenauszeichnung des Zaren, dem Adler des großrussischen Reiches, betrat Alexander Petrovka seine reichlich, mit wertvollem antiken Inventar und Gemälden ausgestatte Privatbibliothek. Es folgten ihm seine Frau und Tochter sowie alle Bediensteten des Hauses. Sie alle wurden zu einem familiären Abschiedszeremoniell gerufen. Stehend, vor dem Porträt des Zaren und dessen Familie, ruhig und gefasst, betrachtete Alexander Petrovka voll mitfühlender Liebe Florentine, seine 45-jährige Frau. Deren zerbrechliche, aristokratische Erscheinung französischer Herkunft, verkörperte eine untergegangene Welt des verschwenderischen ancien régime vor der Französischen Revolution. Der sich gewaltsam vollziehende Umsturz in der russischen Gesellschaft, die fortschreitende Machtergreifung durch die proletarischen Massen, wirkte auf Florentine wie ein Alptraum, dessen Realität sie nicht begreifen konnte.

Anna, voller Lebensenergie, blickte erwartungsvoll zu ihrem Vater auf, der mit disziplinierter Haltung behutsam seine Worte zu wählen begann. Die gespannte Stille wurde nur vom verklingenden Gesang der »Internationale« gebrochen, der von kleinen, vorbeimarschierenden Gruppen von der Straße durch die Fenster drang.

Nachdenklich formulierte Alexander Petrovka seine Gedanken:

»Bis die weiße Armee des Zaren die Ordnung wieder hergestellt hat, wird es schwer für uns sein; wir müssen uns vorsichtig verhalten und dürfen kein Risiko eingehen.«

Offensichtlich fiel es ihm schwer, die vor ihm sitzenden, geliebten Menschen über die neue Lage und seine Entscheidung für ihre Zukunft aufzuklären. Er fuhr fort, indem er im Raum auf und ab ging: »Wir haben die Not unseres Volkes ignoriert ..., das war ein schwer wiegender Fehler, nun müssen wir dafür bezahlen: Flüsse von Blut und Tränen werden über Russland strömen. Viele Leben werden zerstört werden. Aber nichts kann jemals die russische Seele zerstören. Was immer auch geschieht, wie furchtbar es auch sein mag ..., Russland wird überleben!« Sein Blick fiel auf Anna, die leise in sich hinein weinte. Zärtlich nahm Alexander Petrovka seine junge Tochter in die Arme, um sie zu beruhigen. »Weine nicht, meine kleine Annutschka, viele werden durch diesen Krieg leiden, nur die Starken werden überleben. Und du musst stark sein, Anna, denn von jetzt an musst du deine Mutter beschützen!«

Stolz, mit glänzenden Augen, schaute Anna zu ihrem Vater auf. »Ja, Papa, du kannst dich auf mich verlassen!« Alexander Petrovka fuhr mit seiner Rede fort:

»Ich habe mit Petka alle Einzelheiten für eure Reise zu unserem Landhaus nach Schirwinska bei Peterhof besprochen. Es tut mir Leid, dass ihr einen einfachen Planwagen benutzen müsst, aber die Bolschewiki kontrollieren alle Züge, die Petersburg verlassen, und leiten sie nach Novosibirsk um. Somit besteht weniger die Gefahr, dass ihr den Roten in die Hände fallt.«

Florentine war einem Zusammenbruch nahe und fragte verstört: »Kommst du nicht mit uns, Alexander Pavlovitsch?« Auch Anna bedrängte ihren Vater: »Papa, was nützt es dem Zaren, wenn du dein eigenes Leben riskierst?« Alexander Petrovkas Entscheidung stand fest: »Erwartet ihr von mir, dass ich den Zaren im Stich lasse? ... Jetzt, wo er mich am meisten braucht? Das kann ich unmöglich tun. Unsere heilige Mutter Russland hat uns alles gegeben, weder könnte ich meinen Zaren noch meinen Gott verraten und meinen heiligen Eid und Dienst brechen!« Mit warmherziger Zuneigung lenkte er ein: »Wenigstens bin ich getröstet und erleichtert, dass ihr in Sicherheit seid: Sobald ich Nachricht von den Jungs habe, schicke ich sie euch nach.«

Unbeholfen, unfähig ihre Gefühle zu beherrschen, ging Florentine auf ihren Mann zu: »Sascha, du sollst wissen, dass ich dich immer geliebt habe und dass ich dir immer ergeben sein werde, bis ...« Alexander Petrovka nahm Florentine fest in seine Arme und küsste sie auf ihre Stirn. »Nie hatte ich darüber den geringsten Zweifel, Frau ..., wo Liebe ist, da ist Leben. Du hast mir das beste Leben gegeben, das sich ein Mann nur wünschen kann! ... Vergiss nicht, dass auch ich dich liebe und bete, dass alles bald vorüber sein wird und wir alle wieder vereint sein werden!«

Schmerzlich berührt, widmete Florentine nun ihre Aufmerksamkeit dem getreuen Dienstpersonal: Aus ihrer Handtasche entnahm sie umständlich eine Perlenkette, die sie Valya, und ein Goldmedallion, das sie mit liebevollen Worten Katya überreichte:

»Viele Jahre habt ihr unserer Familie als getreue Freunde gedient ... Ich danke euch beiden: Gott sei mit euch!« Valya und Katya knicksten verlegen, verdeckten ihre Tränen mit ihren weißen Schürzen und liefen schnell aus dem Zimmer. Florentine zog den großen diamantenen Solitär-Ring von ihrem Finger, nahm die Hand der älteren Hausdame Marya und legte den Ring in ihre Hand, die sie zärtlich umschloss:

»Marya, du warst für so vieles verantwortlich, nie hast du uns enttäuscht, auch nicht in den kleinsten Dingen. Nimm diesen Ring als Zeichen unserer Dankbarkeit.«

Marya nahm das großzügige Geschenk mit Wohlwollen entgegen: »Danke, Madame, möge Gott Sie beschützen!«

Alexander Petrovka näherte sich Anna mit einem einfachen, goldenen Kreuz, das an einer Kette hing, die er sorgfältig über Annas Kopf legte: »Deine Großmutter hat mir das Kreuz einmal gegeben, als ich noch ein kleiner Junge war ... Jetzt gehört es dir! Es soll dich beschützen und deinen Weg erleuchten, besonders in dunklen Momenten deines Lebens!«

Alle nahmen noch einmal gemeinsam Platz, wie es bei einem Abschied Brauch ist, um den Segen des Hausherren zu empfangen. Nach einer kurzen Zeit der Andacht erhob Alexander Petrovka seine Hände und sprach mit leiser Stimme: »Vater im Himmel, was immer geschieht, ob du uns zu dir rufst oder noch eine Zeit hier in deiner Welt belässt, wir wissen, dass du uns liebst. Wir legen unser Leben in deine Hände. Dein Wille geschehe!« Jeder der Anwesenden bekreuzigte sich im feierlichen Ernst.

Petka hatte inzwischen die beiden Pferde eingespannt und den einfachen Planwagen mit den notwendigen Dingen, die für das Landhaus erforderlich waren, voll gepackt. – Petka hatte als Kutscher und ehemaliger Kavallerist eine Passion für Pferde, die ihm sehr am Herzen lagen. Er war ein mutiger, kräftiger Mann, wie ein russischer Bär, der sein rechtes Bein im Krieg gegen die Deutschen verloren hatte und mit einem Holzstumpf gehen musste. Treu und ergeben hatte er bisher der Familie Petrovka gedient. Für Florentine und Anna hatte er im Inneren des Wagens eine Schlafstelle hergerichtet. Bevor Petka den Kutschersitz bestieg, unterrichtete er Alexander Petrovka vertraulich, dass er versuchen werde, über schlechtere Nebenstraßen die Stadt zu verlassen, um kein Risiko einzugehen! »Danke, Petka!«, sagte Alexander Petrovka beruhigt. »Danke, dass du dich so um meine Familie bemühst. Ich weiß, sie sind bei dir in guten Händen. Hast du alles, was du für die Reise brauchst?« »Ja, Herr, alles, was wir brauchen.« Lachend schlug er mit der Hand gegen das üppige Reisegepäck: »... und einiges mehr.«

Petka bestieg den Wagen und nahm die Zügel in die Hand. Florentine und Anna erstarrten, als ihnen plötzlich die Realität des endgültigen Abschieds bewusst wurde. Spontan sprang Anna aus dem Planwagen, rannte zu ihrem Vater und schlang die Arme um ihn: »Oh, Papa, ich liebe dich so! Bitte pass auf dich auf, für uns ..., ich weiß nicht, was ich tun würde, wenn dir etwas zustößt ..., ich verspreche dir auch, auf Mama zu achten, damit ihr nichts geschieht.« Tränen liefen ihr über das bleiche Gesicht. Liebevoll strich Alexander Petrovka über Annas Haar. »Ich weiß, dass du es tun wirst.« Seinen Arm um sie legend, brachte er Anna wieder zum Wagen zurück. Petka schnalzte mit seiner Peitsche. Der Wagen rollte in die Nacht, bis er den feuchten Augen Alexander Petrovkas endgültig entschwunden war.

So unauffällig wie nur möglich fuhr der Planwagen durch die engen, spärlich beleuchteten holprigen Gassen der Vorstadt von St. Petersburg in Richtung Westen. Was Petka durch die Umgehung von öffentlichen Straßen zu verhindern versuchte, erwies sich jedoch bald als eine trügerische Falle: Als er eine Kreuzung überqueren musste, blockierte plötzlich eine Horde roter Soldaten mit drohenden Bajonetten und brennenden Fackeln seinen Weg. Vergebens schaute er nach einem Fluchtweg.

Der abrupte Stillstand und das laute Rufen der angetrunkenen Soldaten versetzten Florentine und Anna unter ihrer schweren Pelzdecke im hinteren Teil des Planwagens in panische Angst.

Kaum entdeckte der rüde Anführer der Soldaten das herrschaftliche Gepäck mit den beiden Damen, rief er triumphierend: »Ho, ho, ... eine liebliche Fracht hast du da Genosse«, wobei er sich lüstern am Kopf kratzte, »du wirst doch wohl nicht alles für dich behalten wollen, Genosse ... oder?« Petka reagierte schnell: »Du hast ein gutes Auge, Bruder; aber das hat auch Genosse Trotzki*, er erwartet diese beiden bereits für ein ruhiges Wochenende auf dem Lande. Der Rest ist ... na ja ..., du kannst es ruhig ›Mitgift‹ nennen.« Lautes Gelächter schüttelte die offensichtlich beeindruckten roten Genossen.

Schelmisch in sich hinein kichernd zog Petka sanft die Zügel an: Augenzwinkernd mit breitem Grinsen rief er: »Gute Nacht, Genossen! Habt eine glückliche Jagd!« ... Dabei streckte er ihnen sein Bein mit dem Holzstumpf entgegen. Zitternd vor Angst konnten Florentine und Anna es nicht fassen, dass diese erste Gefahr dank Petkas Geistesgegenwart noch einmal an ihnen vorübergegangen war. Sowie Petka die Pferde außer Sichtweite der Roten lenken konnte, wechselte seine Stimmung in wütenden Zorn. In vollem Galopp ließ er die Stadt weit hinter sich. Trotz der holprigen Fahrt fielen Florentine und Anna in einen tiefen Schlaf.

Noch in derselben Nacht wurde Alexander Petrovka von der roten Miliz verhaftet und sofort ins Regierungs-Hauptquartier gebracht, das bereits vom roten Revolutionskomitee übernommen worden war. Gewaltsam hatten bewaffnete Soldaten der Roten Armee ihn mit anderen hohen zaristischen Regierungsmitgliedern im Morgengrauen ins Freie gestoßen und sie an der Wand des Gebäudes in einer Reihe aufgestellt. Ein Erschießungskommando wartete mit erhobenen Karabinern auf das tödliche Zeichen. Laut schrie der Genosse Offizier sein Kommando: »Feuer!« Die Gewehr-

* Trotzki: Oberster, roter Armee-Führer

salven peitschten durch den Morgen, und das Rot der aufgehenden Sonne überstrahlte das schreckliche Geschehen.

Alexander Petrovka brach zusammen. Als sein toter Körper auf den harten Boden aufschlug, öffnete sich seine Hand, die noch den Zaren-Adler umklammert hatte, den höchsten Orden des Großrussischen Reiches. Dieser Orden, bedeckt mit dem Blut Alexander Petrovkas, rollte auf dem Kopfsteinpflaster entlang, drehte sich plötzlich und blieb wie ein blendender Spiegel liegen.

Petka hatte in schneller Fahrt durch die Nacht eine lange Wegstrecke zurückgelegt. Müde, vor sich hin dösend, erschrak er vom gellenden Aufschrei Florentines, der aus dem Innern des Wagens kam. Sofort zügelte er die Pferde. Anna erwachte, verwirrt berührte sie ihre Mutter: Weinend erzählte Florentine von ihrem schrecklichen Traum: Sie hätte deutlich Alexanders Zaren-Adler mit Blut bedeckt über den Boden rollen sehen.

Behutsam schloss Anna ihre Mutter in die Arme: »Es ist nur die Überanstrengung, Mama, es war zuviel für dich, mach dir keine Sorgen, es ist alles gut!« »Was ist geschehen?«, fragte Petka beunruhigt. »Mama hatte nur einen schrecklichen Traum, Petka. Sie braucht Ruhe!« »Ja«, sagte Petka zustimmend »es ist noch zu früh zum Rasten, aber ich werde nach einem schönen Platz Ausschau halten, denn auch die Pferde sind müde und brauchen dringend Wasser.«

Berlin

Im preußischen Kriegsministerium in der Berliner Wilhelmstraße vollzog sich im verschwenderisch ausgestatteten Sitzungssaal der Kaiserlichen Residenz ein heftiger »Krieg der Worte« zwischen Vertretern des deutschen diplomatischen Corps und den Militärs von Generalstabs-Offizieren: Feldmarschall von Sternheim, eine stolze, eindrucksvolle Persönlichkeit, um die sechzig Jahre alt, mit grauem Schnauzbart, schritt aufgeregt im Raum auf und ab. Seine Arme hatte er auf dem Rücken verschränkt. Er war gerade in einem Wortgefecht durch die doppelzüngigen Argumente des deutschen Botschafters, Herrn von Zitzewitzs, eines distinguierten, nüchternen Diplomaten, herausgefordert worden. »Ich habe immer davor gewarnt«, rief er, »dass es unter unserer Würde sein sollte, sich mit diesem dubiosen Charakter, diesem so genannten Lenin einzulassen!« Niemals hätte man diesem gefährlichen Mann die Durchreise von der Schweiz nach Russland garantieren dürfen, denn man hatte genau gewusst, dass er fest dazu entschlossen war, die Revolution gegen den Zaren zu organisieren! Nach einer kurzen Pause nahm von Sternheim eine dramatische Pose ein, entfernte den Monokel von seinem rechten Auge und fuhr mit seiner Anklage fort: »Und was ist das Ergebnis? Wir haben den leibhaftigen Teufel auf den Thron des Zaren gesetzt. Wir haben ihm ›Card blanche‹ erteilt, um die gesamte zivilisierte Welt mit dieser neuen Idee der proletarischen Revolution zu vergiften!«

Aufbrausend versuchte der arrogante Staatssekretär des Auswärtigen Amtes mit jugendlichem Elan die Entscheidung damit zu rechtfertigen, dass die getroffene Vereinbarung mit Herrn Lenin unter dem persönlichen Protektorat von Kaiser Wilhelm II. zustande gekommen war. Dazu bemerkte Herr von Zitzewitz mit einem zynischen Lächeln: »Die Militärs sind doch alle gleich, nie werden sie die Superiorität der hohen Strategie internationaler Politik verstehen können!« Genussvoll zog er dabei an seiner Zigarre und verfolgte die sich bildenden Ringe in der Luft. Der streitbare Feldmarschall war jedoch noch nicht am Ende mit seiner Attacke: Mit erhobener Stimme fuhr er fort: »Zuerst befinden wir uns im Krieg gegen die russische Armee des Zaren, dann plötzlich wollen Sie, dass unsere Soldaten ihr Leben an der Seite der Weißen Armee des Zaren gegen die Rote Armee von Herrn Lenins Bolschewiki opfern.«

Mit patriotischer Haltung präsentierte sich Botschafter von Zitzewitz nunmehr als Retter des Abendlandes: »Es ist unsere Pflicht, die westliche Kultur vor den roten Horden zu verteidigen. Wir müssen den Zar schützen!« Kopfschüttelnd antwortete von Sternheim, dass der Zar doch nur eine schwache Puppe sei und dass die Fäden von seiner verrückten Frau gezogen würden. Im Vergleich zu Lenin und dessen ideologischen Propheten Marx und Engels sei der Zar ein Heiliger, rekapitulierte von Zitzewitz abwehrend.

Nun hatte der weitsichtige von Sternheim die Grenze seiner Geduld endgültig erreicht. Mit eindringlichen Worten beschwor er den bedrängten Diplomaten: »Herr von Zitzewitz, sind Sie sich eigentlich darüber im Klaren, dass Ihre Idee von der angeblichen ›Superiorität der Diplomatie‹ es erst ermöglichte, Herrn Lenin mit 50 Millionen Reichsmark in Gold die russische Revolution zu finanzieren?

Glauben Sie wirklich, dass die Geschichte über diesen Vorfall als einen ›brillanten Akt von Diplomatie‹ sprechen wird?« Von Sternheim beugte sich weit nach vorne, damit er direkt in die Augen des verunsicherten von Zitzewitz sehen konnte: »Sie hätten darüber nachdenken sollen, bevor Sie das Geschäft mit Herrn Lenin machten!«

Um die weitere Diskussion über dieses delikate Thema abzubrechen, ignorierte Herr von Zitzewitz Sternheims Plädoyer gegen die verhängnisvolle Diplomatie des deutschen Kaisers, die einen entscheidenden Beitrag zur russischen Revolution geleistet hatte, indem er an ihn die direkte Frage stellte: »Herr Feldmarschall, wer ist Ihr Kommandeur, der mit den freiwilligen Streitkräften der Alliierten im Baltikum gegen die Roten eingesetzt werden soll?« Mit einem verächtlichen Blick auf den Botschafter nahm von Sternheim seinen Platz am Konferenztisch wieder ein:

»Ich habe das Kommando auf Rittmeister Heinrich Bredow übertragen, der mit seiner Schwadron die Alliierten Truppen im Baltikum unterstützen wird!« »Ist er verwandt mit General Bredow?«, fragte von Zitzewitz neugierig. »Ja, er ist der älteste Sohn, sein jüngerer Bruder ist inzwischen an der französischen Front gefallen.« »Ist er sich über die Wichtigkeit seiner Mission für unser Vaterland bewusst?« »Rittmeister Heinrich Bredow ist ein loyaler, kampferprobter Offizier, ich kann mir keinen Besseren für diese Mission vorstellen! Übrigens, ich habe ihn ins Ministerium rufen lassen. Sie werden ihn gleich kennen lernen!«

Rittmeister Heinrich Bredow, elegant in maßgeschneiderter Uniform, mit vielen Tapferkeitsauszeichnungen hoch dekoriert, war eine außergewöhnlich gut aussehende, sehr selbstbewusste Erscheinung. Der Krieg hatte den 30-jährigen Mann frühzeitig reifen lassen, wodurch auch seine politische Einstellung geprägt wurde.

Als er den Konferenzraum betrat, richteten sich alle Augen auf ihn. Mit leichtem Hackenschlag und Verbeugung begrüßte Bredow die auf ihn starrenden Konferenzmitglieder. Höflich bat ihn Herr von Zitzewitz Platz zu nehmen. »Ich sehe, Sie wurden für besondere Dienste für unser Vaterland mehrfach ausgezeichnet. Es tut mir Leid, dass Sie Ihren Vater und auch Ihren Bruder in Frankreich verloren haben!« Heinrich Bredows Gesicht blieb starr, er schien von der Anteilnahme des aalglatten Botschafters nicht besonders beeindruckt zu sein. Der Staatssekretär des Auswärtigen Amtes kam gleich zur Sache: »Es mag Sie überraschen, Herr Rittmeister, dass der Kaiser sich dafür entschieden hat, unseren ehemaligen Feind, die russische Armee, nunmehr gegen die Rote Armee der Bolschewiken zu unterstützen, die gegen den Zaren revoltieren. Auch wenn wenig Hoffnung besteht, dass Admiral Kolschaks Weiße Armee wirklich

Erfolg haben wird! Obwohl wir davon ausgehen müssen, dass der Krieg verloren ist, können wir nicht einfach zusehen und abwarten, bis die bolschewistische Revolution auch unsere Grenzen überschwemmt, während andere europäische Alliierte gegen den Bolschewismus kämpfen, um die westliche Kultur zu retten!« Nachdenklich folgte Heinrich Bredow den Ausführungen der hohen Diplomaten. Mit sarkastischem Unterton bemerkte er: »Meine Herren, ich bin ein Soldat, der seine Befehle befolgt ... Ich werde meinen Auftrag erfüllen!« »Ihr Vater wäre bestimmt sehr stolz, wenn er noch erfahren hätte, welch eine wichtige militärische Mission seinem Sohn übertragen wurde«, erwähnte wohlwollend der Botschafter. Wenig respektvoll, hart an der Grenze eines Eklats, antwortete Heinrich Bredow mit Worten, die niemand der Anwesenden für möglich gehalten hätte: »Ich habe meine Illusionen, meine Herren, über logische Politik, die in den engstirnigen Köpfen einer Hand voll politischer Idioten entstanden sind, verloren!«

Die Konferenzteilnehmer hielten den Atem an ...

Für Heinrich Bredow war es die lang ersehnte Gelegenheit, seinen aufgestauten Gefühlen über die dilettantische Kriegsdiplomatie freien Lauf zu lassen: »Ich habe die Realität dieser Politik und den Absturz der westlichen Kultur in den blutgefüllten Schützengräben in Verdun und auf dem Schlachtfeld an der Somme erfahren: Es war keine Schlacht, es war ein Schlachten! Ich wünschte, ich könnte die Frage beantworten. Warum? ... Wofür?« Einige der Konferenzteilnehmer erhoben sich mit bleichen Gesichtern und protestierten empört ... Von Sternheim, dessen Sympathie für Heinrich Bredow offenkundig war, simulierte eine ablehnende Haltung gegen seine Ausführungen. Resolut rief er Bredow zur Ordnung: »Das ist genug, Rittmeister Bredow! Für heute sind Sie entlassen!«

Auf der Flucht

An einem schattigen Waldrand, in der Nähe des Flussufers, geschützt von grünen Büschen, hatte Petka eine ideale Raststätte für ein ruhiges Picknick gefunden. Die Morgensonne schien bereits heiß und in dem einladend klaren Wasser des Flusses konnten Florentine und Anna einem erfrischenden Bad nicht widerstehen. Währenddessen bereitete Petka stilvoll auf dem Boden ein kräftiges Frühstück vor: Er hatte an alles gedacht, sogar der silberne Samowar mit buntem Teeservice und weißer Spitzendecke fehlte nicht. Freudig überrascht über die russische Sakuska*, bestehend aus geräucherter Hartwurst, Schinken, Dillgurken, Brot und Butter, sparten die vom kühlen Morgenbad erfrischten Damen nicht mit Komplimenten für Petkas Aufmerksamkeit!

Nach den Aufregungen der bisherigen Reise bauten die Stille und Weite der Natur Florentine auf und waren eine Stärkung für ihre betrübte Seele. Petka hatte die Pferde ausgespannt und sie zu einem flachen Platz am Flussufer zur Tränke geführt, während er seine Sakuska aus der Hand mit einem kräftigen Schluck aus der Wodkaflasche zu sich nahm. Seine ernste Sorge galt jedoch der herrschaftlichen Bekleidung der ihm anvertrauten Damen: Angestrengt überlegte er, wie es ihm gelingen könnte, unauffällige Kleider für sie zu beschaffen. Zunächst musste er Florentine und Anna von dieser Notwendigkeit überzeugen. Petkas sorgenvolles Gesicht fiel Anna sofort

* Sakuska = russische Brotzeit

auf: Beunruhigt fragte sie, ob es schlechte Nachrichten gäbe? »Ja«, sagte Petka ohne Umschweife, »wir müssen ein wichtiges Problem mit Ihren Kleidern lösen, diese sind zu auffällig. Wir müssen einfachere Kleider finden, bevor wir wieder von den Bolschewiki kontrolliert werden: Sie und Ihre Mama müssen wie gewöhnliche Landfrauen aussehen!« »Aber wo finden wir in dieser verlassenen Gegend solch gewöhnliche Kleider?«, fragte Anna besorgt. Petkas Gesicht erhellte sich: »Auf unserem Weg kommen wir bald an einer kleinen Ortschaft vorbei. Vielleicht haben wir Glück und können einige von Ihren Sachen eintauschen!« Als Florentine dies hörte, verzog sie ihr Gesicht zu einer Grimasse: »Hoffentlich findest du Kleider ohne Läuse!« Petka schüttelte amüsiert seinen Kopf: »Läuse sind bestimmt weniger unangenehm als einen Strick um den Hals, glauben Sie das nicht auch, Madame?« Erschrocken griff Florentine nach ihrem schönen, weißen Hals. »Du hast Recht, Petka«, lenkte Anna ein. »Unsere Kleider sind wirklich zu auffällig. Sobald wir in Schirwinska sind, können wir uns wieder kleiden, wie wir wollen!«

Außerhalb dieser kleinen Ortschaft einer ländlichen Provinz, die Petka durchqueren musste, konnte er den Planwagen im Gehölz einer dichten Gruppe von Birkenbäumen vor neugierigen Blicken gut verbergen. Während Florentine und Anna im Inneren des Planwagens verblieben, humpelte Petka zum Dorfzentrum, wo sich zu seiner freudigen Überraschung auf einem kleinen Marktplatz viele Menschen tummelten. Einfache Bauernleute boten ihre spärlichen Waren zum Verkauf an: Hauptsächlich bestanden diese aus Kartoffeln, Weißkohl, Zwiebeln, Knoblauch, Hühnern und Eiern, auch Stiefel, Kopftücher und Stoffe wurden feilgeboten. Petka merkte jedoch bald: Würde er hier seine noblen Kleider zum Tausch anbieten, hätte er die Aufmerksamkeit der misstrauischen Leute sofort auf sich gelenkt, und Kleider zum Kaufen gab es nicht.

Er ließ seine Augen über den Marktplatz schweifen und entdeckte plötzlich eine dralle Marktfrau mittleren Alters und ihre junge, schlanke Tochter. Beide beobachtete er prüfend. Die Bäuerin fühlte sich von Petkas aufdringlichen Blicken herausgefordert. Verärgert, mit aggressivem Ton, höhnte sie: »Was starrst du mich so an? Ich bin nicht zu kaufen. Ich verkaufe nur Kohl und Hühner!« »Ich will nicht deine Hühner, ich will dein Kleid kaufen«, sagte Petka bestimmt. Die Marktfrau erstarrte! Ungläubig fragte sie: »Mein Kleid? Bist du verrückt?« Petka nahm eine Handvoll Rubel aus der Tasche. »Hier nimm 50 Rubel, dein Kleid ist höchstens 5 Rubel wert!« Die bäuerliche Marktfrau zählte die Rubelscheine und verdrehte ungläubig die Augen: »Für diese Menge Geld kannst du 50 Hühner kaufen; aber ich habe nur noch drei junge Hühner und einen alten Gockel ...« »Ich will nicht deine Hühner und deinen alten Gockel, ich will dein Kleid. Zieh es aus!« Die Marktfrau war verwirrt: »Du willst, dass ich mein Kleid ausziehe? Jetzt sofort? ... Hier?« »Ja, beeile dich«, sagte Petka ungeduldig. »Ich habe nicht viel Zeit!« Verführerisch drehte sich die Bäuerin im Kreis: »Hm, du bist ja ein ganz Schlimmer«, sagte sie und lächelte ihn an, »so etwas würde ich niemals in der Öffentlichkeit tun. Darüber muss ich erst noch mit meinem Mann sprechen!« »Solange kann ich nicht warten, dann kaufe ich eben das Kleid von deiner Nachbarin!«, antwortete Petka.

Aufmerksam hatte die junge Tochter der Marktfrau Petkas Handel mit ihrer Mutter verfolgt. »Warte«, rief sie Petka nach. »Wenn du mir 10 Rubel gibst, ziehe ich mein Kleid sofort aus!« Inständig betrachtete Petka das Kleid des Mädchens. »Gut«, sagte er, »das Geschäft ist gemacht, zieh es aus!« Die Bäuerin wollte sich jedoch das Geschäft auf keinen Fall entgehen lassen. Schnell änderte sie ihre Meinung.

»Nein, nein! Du brauchst nicht zu der Nachbarin zu gehen!«, und unverzüglich begann sie sich mit einem verschämten Lächeln auf den Lippen zu entkleiden.

Dann nahm Petka die Kleider und eilte davon.

Florentine und Anna waren sichtlich erleichtert, als er endlich zum Planwagen zurückkehrte! Als er ihnen die Kleiderbündel überreichte, sagte er bedauernd: »Es ist alles, was ich bekommen konnte, wir müssen sofort hier weg.« Und lachend fügte er hinzu: »Bevor wir noch mehr solche Angebote bekommen!« Schnell verließ der Planwagen sein Versteck. Florentine und Anna rangen widerwillig mit den neuen Kleidern. Ihre Gesichter drückten dabei ohne Worte ihre abstoßenden Gefühle aus. Es war nicht die Einfachheit der Kleidung, sondern der Schmutz und der penetrante Geruch, der ihnen zu schaffen machte.

Sie fuhren über die weiten Ebenen und staubige Landstraßen auf die grünen Hügel zu, die sich am fernen Horizont abzeichneten. Anna hatte auf dem Kutschersitz neben Petka Platz genommen. Es machte ihr großen Spaß, manchmal die Zügel zu übernehmen und die Pferde im Galopp zu führen! Für Florentine wurde die ungewohnte Reise im Planwagen zur Qual. Die erbarmungslose Hitze und die widerliche Ausdünstung ihrer bäuerlichen Bekleidung deprimierten sie. Tapfer ertrug sie jedoch ihr Schicksal, in der Hoffnung auf dem Landsitz, in vertrauter Umgebung, ihren Mann Alexander bald wiedersehen zu können. Bis dahin war es aber noch ein weiter Weg, und sie ahnte nicht, welcher harten Herausforderung sie sich noch stellen musste. Mitten in ihrer hoffnungslosen Träumerei ereilte sie ein neues Unglück: Als Petka eine holprige Mulde überqueren musste, bekam der Wagen plötzlich eine heftige Schlagseite, bis er laut krachend und schleifend zum Stillstand kam. Petka und Anna kletterten vom Wagen, um die Ursache herauszufinden. Was sie sahen, war nicht erfreulich. Einige Speichen vom hinteren linken Wagenrad waren gebrochen. Verzweifelt vor Angst, erhob Florentine ihre Hände zum Himmel: »Oh Gott, oh Gott«, rief sie, »wie werden wir jemals hier wieder herauskommen?«

Nachdem Petka den Schaden gründlich untersucht hatte, sagte er zuversichtlich: »Ich kann das Rad zur Not wieder in Ordnung bringen. Bis zur nächsten Kleinstadt sind es ungefähr noch 30 Werst. Ein ehemaliger Kriegskamerad von mir besitzt dort ein kleines Gasthaus, wo wir heute übernachten können. Morgen früh kann ich dann das Rad auswechseln lassen!« »Glaubst du, dass es bis dorthin noch durchhalten wird?«, fragte Anna zweifelnd. »Ja, wir müssen aber einen kürzeren Weg benützen, damit wir dort noch vor Einbruch der Dunkelheit ankommen. Außerdem müssen wir die Eisenbahnschienen an einer Bahnstation überqueren«, schilderte Petka die neue Situation. Nicht begreifend fragte Anna: »... und wo liegt dabei das Problem?« »Erinnere dich an die Warnung deines Vaters, der sagte, dass die Bahnstation von den Roten besetzt sein könnte. Wir sollten deshalb kein Risiko eingehen.« Sogleich schickte sich Anna an, Petka behilflich zu sein und Werkzeuge, Bleche und Drahtrollen für die Reparatur unter der Kutscherbank hervorzuholen. Schon nach kurzer Zeit hatte Petka das Wagenrad provisorisch repariert, sodass die Fahrt fortgesetzt werden konnte.

An einem Waldrand in der Nähe der Bahnstation machten sie Halt und Petka stellte die Pferde samt Wagen hinter dichtem Gebüsch ab. Zusammen mit Anna näherte er sich dann vorsichtig der Bahnstation, um die Lage zu peilen: Ein lang anhaltendes Signal aus der Ferne kündigte den Zug an! Plötzlich hörten sie laute Stimmen. Beide warfen sich auf den Boden, krochen langsam zur erhöht liegenden Böschung hinauf, von wo aus sie die Bahnstation gut übersehen konnten: Sie waren nicht wenig überrascht, als sie eine Mannschaft schwer bewaffneter roter Soldaten erblickten, die auf den einfahrenden Zug warteten.

Unter dichten Dampfwolken rollte der Zug heran und kam zum Stehen. Türen und Fenster blieben geschlossen und bewaffnete Soldaten bildeten sofort einen dichten Ring um die wenigen Waggons. Nach einem Zeichen des roten, obersten Funktionärs öffnete man die schweren Schiebetüren eines Güterwaggons, der voll gepfercht mit verängstigten Menschen war. Diese wurden dann noch mehr zusammengepresst, um einer kleinen Gruppe Platz zu machen, die von rüden Soldaten unter Schlägen und lautem Gebrüll in den Waggon gestoßen wurden. Nachdem einige Wachen, die auf den Dächern postiert waren, diese verlassen hatten, setzte sich der Zug wieder in Bewegung! Ungläubig starrte Anna auf das menschenunwürdige Schauspiel, das sich vor ihren Augen abspielte. Vor Angst zitternd, umklammerte sie Petkas Arm: »Papa hatte Recht«, flüsterte sie ihm zu.

Um Florentine nicht noch mehr zu verängstigen, verschwiegen beide ihr erschütterndes Erlebnis von der Bahnstation. Florentine war sehr erleichtert, als die Fahrt endlich weiterging! Es war bereits finster, als Petka die ermüdeten Pferde durch die Straßen lenkte, in denen nur einige matt erleuchtete Lichter auf vorhandenes Leben in der verlassenen Kleinstadt deuteten! Im Hofplatz, hinter einem einfachen zwei Stock hohen Holzhaus mit Nebengebäuden, zügelte Petka die Pferde zum Halt. Als er vom Wagen stieg und zur Tür humpelte, öffnete sich die Hintertür des Hauses, in der die Umrisse einer männlichen Gestalt sichtbar wurden, die mit einem Gewehr direkt auf Petka zielte: »Wer ist da? Was machst du hier?«, rief eine drohende Stimme. »Nicht schießen, Leon! Ich bin es, Petka.« Der Mann in der Tür ließ sein Gewehr auf den Boden fallen, stürzte auf Petka zu, umarmte ihn überglücklich und küsste immer wieder leidenschaftlich seine Wangen. »Ich dachte, du wärst tot? Welch ein Wunder, dich am Leben zu sehen. Hier bei mir ... Komm herein. Komm herein, mein guter Freund! Vergib mir, dass ich dich mit einem Gewehr begrüßen musste. Aber die Zeiten sind schlecht geworden. Man ist nicht mehr sicher. Diese roten Banditen treiben sich überall herum!« Petka unterbrach seinen Freund: »Ich habe zwei Damen höheren Standes bei mir. Wir brauchen für heue Nacht einen sicheren Platz!« »Mein Haus gehört dir«, sagte Leon spontan, mit einem herzlichen Lachen. Schrill pfiff er durch die Zähne und rief seine junge, freundliche Frau und seinen 15-jährigen Sohn zu sich.

Währenddessen erschienen Anna und ihre Mutter in dem ärmlichen Raum. Höflich und respektvoll begrüßte Leon die beiden Damen, nicht minder erstaunt über deren unpassende, bäuerliche Kleidung. Jedoch begriff er sofort den Grund für ihre Verkleidung. Er wendete sich seiner Frau zu und sagte: »Sonja, mein Täubchen, richte sofort unsere Zimmer und bereite ein heißes Bad für unsere Ehrengäste vor. Und ein Nachtmahl ... Es soll ihnen an nichts fehlen!« Sonja nickte ehrerbietig und geleitete die Damen in ihr Zimmer. »Das ist mein jüngster Sohn Willinka«, stellte Leon voller Stolz seinen Sohn vor, der bewundernd auf Petka starrte, von dem ihm sein Vater schon so viele Geschichten aus dem Krieg erzählt hatte; dass er nun plötzlich dem wirklichen Petka gegenüberstand, seine Pferde in den Stall führen und mit Hafer und Heu versorgen durfte, konnte er kaum glauben! Leon legte seinen Arm um Petkas Schulter und führte ihn zurück in seine gemütliche Wohnküche: »Komm, mein Freund, jetzt müssen wir erst einmal unser Wiedersehen begießen. Du musst mir alles erzählen, vor allem, wie es möglich war, dass du damals am Leben geblieben bist.« Leon hatte den großen Tisch mit allem, was er zum Essen zu bieten hatte, voll beladen. Als Erstes wurden die Gläser mit Wodka gefüllt: Ausführlich erzählten dann beide über ihre Erlebnisse aus vergangenen Zeiten: Dann aber musste Petka eine erschütternde Nachricht über Alexander Petrovka zur Kenntnis nehmen:

Als Petka Leon anvertraute, dass es sich bei den beiden Damen um die Frau und Tochter von Alexander Petrovka handelte, reagierte Leon ungläubig und besorgt: »Du sprichst doch wohl nicht etwa von Alexander Petrovka aus Petersburg, dem Freund des Zaren? ... Ich habe nämlich heute Morgen erfahren, dass er mit einigen hohen Offizieren und Ministern des Zaren in Petersburg exekutiert wurde!« Als Petka das hörte, war er wie versteinert. Nach einigen Schweigeminuten ergriff er Leons Arm und sagte: »Versprich mir, mein Freund, dass du mit niemandem darüber sprichst, auch nicht mit deiner Familie!« »Mann ... Oh ... Mann ... Petka, du hast wirklich viel Mut, ich verspreche es!«

Ungläubig starrte Petka auf Leon; sein Gesicht wurde bleich: »Bist du wirklich sicher, was du da sagst?« »Selbstverständlich! Hast du das nicht gewusst?«, antwortete Leon. »Nein, vor zwei Tagen waren wir noch zusammen«, meinte Petka erschüttert. »Es tut mir in der Seele weh, das zu hören. Jetzt erinnere ich mich: Florentine, seine Frau, hatte einen Traum. Sie sah den durchschossenen Adler des Zaren blutbedeckt über die Steine rollen! Leon, lass uns darüber schweigen, was du gehört hast! Die beiden Frauen würden es nicht überleben!« »Mach dir keine Sorgen, Petka! ... Ich verspreche, nie mehr darüber zu reden!« Teilnahmsvoll legte Leon seine Hand auf Petkas Schulter: »Und du musst mir versprechen, sehr vorsichtig zu sein. Halte dich fern von allen Hauptstraßen, die Roten jagen überall nach prominenten Mitgliedern der Bourgeoisie und schicken sie in die Arbeitslager ...«

Am späten Morgen hatte Sonja am gemütlichen Ecktisch in der Gaststube ein reichliches Frühstück für Florentine und Anna zubereitet. Frisch gebadet, nach geruhsamer Nacht, in sauber gewaschenen und gebügelten Kleidern, die Sonja für sie hergerichtet hatte, waren beide guten Mutes! Petka war bereits unterwegs, um das gebrochene Wagenrad wieder instand setzen zu lassen: zur großen Freude Willinkas, der ihn begleiten durfte!

Freundlich wurde Leon von den Damen begrüßt, die ihn baten, sich zu ihnen an den Tisch zu setzen. Petka wurde sogleich zum Hauptthema ihres Gespräches: »Petka ist ein guter und loyaler Mann, wir kämpften im Krieg zusammen an der Front«, erzählte Leon ausführlich: »Als ich schwer verwundet wurde, riskierte er sein eigenes Leben, um mich aus dem Schützengraben zu ziehen; ohne Petka wäre ich heute nicht hier: Erst später habe ich erfahren, dass er von einer deutschen Granate getötet worden ist. Sie können sich vorstellen, wie überrascht und glücklich ich war, als er gestern plötzlich vor mir stand! Und ich Dummkopf hätte auch noch beinahe auf ihn geschossen.«

Leon konnte gerade noch seine Worte über die Umtriebe der roten Banditen und deren Jagd auf die Bürgerlichen unterdrücken, als die Tür des Gasthofes polternd geöffnet wurde. Drei angetrunkene rote Deserteure, zum Teil in Uniformen der zaristischen Armee gekleidet, verschmutzt, unrasiert und ungewaschen, betraten das Gastzimmer und bewegten sich gemeinsam auf den Schanktisch zu. Leon sah das Unheil nahen: Mit Verdruss verließ er den Tisch der besorgten Damen und begab sich hinter den Schanktisch! »Gib uns ein Glas Wodka«, lallte einer der Banditen ... »Wir brauchen einen guten Schluck vor dem Frühstück!« »Ich glaube, ihr braucht einen heißen Tee, anstatt einen Wodka, Genossen«, erwiderte Leon versöhnlich. Vorlaut mischte sich ein Zweiter der offensichtlichen Unruhestifter ein: »Was meinst du damit, wir brauchen Tee, Genosse ...? Wodka ist wie Muttermilch für einen russischen Mann, er stärkt seine Seele ...« Sein Gesicht verzog sich zu einem hämischen Grinsen: »Deswegen brauchen wir Wodka, mein Freund!«

Linkisch schlenderte er zum Ecktisch und plumpste auf einen Stuhl, den Leon vorher verlassen hatte. Ihre Gefühle verbergend, starrten Florentine und Anna auf die Ekel erregende Gestalt; jedoch befanden sie sich in der Falle! »Die meisten russischen Frauen arbeiten zu dieser Zeit, entweder auf dem Feld oder in der Küche: Also seid ihr käuflich?« Nervös, voller Zorn, kehrte Leon zum Ecktisch zurück: »Verschwinde, das hier ist ein Gasthaus und kein Hurenhaus!« Drohend stieß der Bolschewik Leon von sich. »Halte du dich hier gefälligst heraus, das ist nicht dein Geschäft!« »Es ist aber mein Privat-Tisch ..., hast du verstanden? Und jetzt verschwinde!« »Dein Privat-Tisch?«, grinste der desertierte Bandit, »lebst du auf dem Mond, Genosse? Privat? ... Weißt du denn nicht, dass jetzt alles dem Volk gehört? Es gibt kein privat mehr, Genosse ..., und ich bin einer vom Volk ..., also gehört dieser Tisch auch mir. Wir leben in einer neuen Zeit, Genosse ... einer neuen Freiheit für Brüderlichkeit: das Paradies ... das Arbeiterparadies auf Erden! Und nun gib mir endlich deinen Wodka!«, schrie er mit einem lüsternen Blick auf die Damen.

Florentine und Anna waren paralysiert! Leon überlegte angestrengt, was er tun sollte. Niemand hatte bemerkt, dass Petka inzwischen das Gasthaus betreten hatte: Mit zornigem Gesicht humpelte er zum Ecktisch. Sein Holzstumpf dröhnte dumpf auf dem Holzboden! Zunächst versuchte Petka im diplomatischen Ton, den Unruhestifter zum Verschwinden zu bewegen: »Bedauere, Genosse! ... Ich logiere hier und diese Mädchen gehören zu mir.« Amüsiert schaute der Angesprochene zu Petka auf. Mit sarkastischem Grinsen erwiderte er: »Mit deinem Holzbein? Die müssen ja pervers sein!« Laut lachend stimmten die beiden anderen Kumpane zu.

Noch einmal unternahm Petka einen friedlichen Versuch: »Hör zu, Genosse, ich will nicht mit dir streiten, aber verlasse jetzt meinen Platz und ...« Bevor Petka zu Ende sprechen konnte, wurde er unterbrochen. »Du bist ein Kapitalist, Genosse! Du hast zwei Weiber, du musst sie mit deinem Bruder teilen. Du nimmst eine ... und ich nehme eine ...« Spielerisch ergänzte er: »Wie wär's mit einer Runde Würfel? Sagen wir ... über diese Junge da?«

Petkas Geduld war am Ende. Wie ein kraftvoller Bär stürzte er sich auf den Banditen, packte ihn am Genick und schleuderte ihn zu Boden! Unbeholfen versuchte dieser sich aufzurichten, zog ein Messer aus der Tasche und nahm eine Angriffsstellung ein. Florentine schrie laut auf, während Anna entsetzt auf die Szene starrte. Leon kam Petka zu Hilfe. Bereit für den Kampf, nahm Petka einen festen Stand ein: Mit vorgestrecktem Messer, wie ein rasender Derwisch, sprang der rote Angreifer auf Petka zu, fest entschlossen, ihn zu töten. Blitzschnell trat Petka dem Angreifer mit seinem festen Holzstumpf in dessen Genitalien. Lauf aufschreiend ließ der rote Soldat sein Messer fallen und wand sich vor Schmerzen am Boden. Petka stieß mit seinem Beinstumpf das Messer zur Seite, ergriff die Fußknöchel des Banditen und zog diesen durch die offene Tür auf die Straße, gefolgt von den beiden anderen Genossen, die befürchteten, dass es ihnen ähnlich ergehen könnte! Die Spannung war gebrochen! Herzlich umarmte Leon seinen alten Kameraden. »Ich bin sehr stolz auf dich, Petka … Ich sehe, du hast dich nicht verändert«, sagte er bewundernd. Auch Florentine und Anna waren überglücklich über ihren Retter in der Not! Für Willinka, Leons Sohn, wurde dieser Kampf zum größten Erlebnis seines jungen Lebens. Den Freund seines Vaters, von dem er soviel gehört hatte, hatte er als Held in Aktion erleben können! Das Wagenrad war gerichtet, alles war zur Abfahrt bereit. Es wurde ein schmerzlicher Abschied ohne ein Wiedersehen!

Rittmeister Heinrich Bredow hatte, trotz seiner abwertenden Äußerungen gegen das diplomatische Corps im Sitzungssaal des Berliner Kriegsministeriums, das Kommando für den Baltikum-Einsatz mit seiner Schwadron behalten! Mit einem voll ausgerüsteten Tross und kampferprobten Kavalleristen befand er sich auf dem Weg in das russische Grenzgebiet an der Ostseite des Baltikums auf der Suche nach einem geeigneten Stützpunkt. Nach einer Lagebesprechung mit seinem Offiziersstab erwählte er ein gut geschütztes Waldstück, das von Wiesen umgeben war, mit leicht zugänglichem Wassergraben zur Versorgung der Pferde. Dieses bauten seine Soldaten zu einer kleinen Waldfestung aus: Zelte für die Unterkunft der Mannschaften und Offiziere sowie ein Notlazarett wurden errichtet. Schutzwälle mit Beobachtungsposten gegen Überraschungsangriffe wurden mit Feldtelefonkabel zu den Kommandostellen verbunden. Ein dichter Stacheldraht umzäunte zusätzlich das Gelände. Kommandeur Heinrich Bredow schickte ein Suchkommando ins Land, das die Aufgabe hatte, alle Objekte, Gebäude und Bewegungen im Umkreis von 50

Werst auszukundschaften, wobei besonders Stützpunkte und Bewegungen von roten Truppen zu erkunden waren!

Die Fortsetzung der Reise im Planwagen nach der ereignisreichen Unterbrechung in Leons Gasthaus verlief ohne weitere Zwischenfälle. Petka wirkte bedrückt und nachdenklich, seit er von Leon von der Exekution Alexander Petrovkas in St. Petersburg erfahren hatte. Sein Gewissen gegenüber Florentine und Anna war schwer belastet; trotzdem wollte er sich nichts anmerken lassen. Er brachte es einfach nicht übers Herz, ihnen den Tod von Alexander Petrovka preiszugeben, wissend, dass die beiden Frauen in Gedanken ständig mit diesem verbunden waren. Von einem baldigen Wiedersehen mit ihrem Mann und Vater fest überzeugt, würde die Nachricht von seinem Tod ihren Lebensmut ernsthaft erschüttern, zumal die schweren Prüfungen der letzten Tage und die beschwerlichen Reisebedingungen an Florentines Kräften gezehrt hatten und zur stoischen Resignation führten!

Petka hielt den Wagen an, um den müden Pferden eine kurze Pause zu gönnen. Anna nützte diese Gelegenheit und stieg zu Petka auf den Kutschersitz, um sich über die gegenwärtige Lage zu informieren. »Wie weit sind wir noch von Schirwinska entfernt, Petka?«, fragte sie ihn in ungeduldiger Erwartung, endlich das Reiseziel zu erreichen. »Ungefähr 16 Werst von hier kommen wir an einem kleinen Kloster vorbei, dort können wir eine kurze Rast halten: Die Pferde brauchen unbedingt Wasser. Von dort sind es dann nur noch gute zwei Stunden, bis wir den Hügel erreichen, der hinauf zum Landgut führt!« Freudig erregt rief Anna nach Florentine: »Mama, hast du gehört, was Petka gesagt hat? Nur noch ein paar Stunden, und wir sind daheim!« Florentine versuchte zu lächeln: »Ich habe schon die Hoffnung aufgegeben, jemals dort anzukommen. Wenn nur dein Vater bei uns wäre«, antwortete sie. »Ich vermisse ihn so sehr ... Wie wird es ihm wohl ohne uns ergehen?« »Mach dir über ihn keine Sorgen, Mama ... ich bin sicher, dass er bald nachkommen wird. Glaubst du nicht auch, Petka?« Mit Mühe versuchte Petka seine Fassung zu behalten, indem er zum Himmel aufschaute: »Wo immer er auch ist, ich weiß, dass seine Gedanken bei seinen Lieben sind!« Mit der Peitsche knallend, setzte er den Wagen wieder in Bewegung. Auch Florentine hatte sich inzwischen auf die Vorderbank gesetzt, gleichwohl ihr der intensive Schweißgeruch der Pferde arge Probleme bereitete.

In der Ferne glitzerten die goldenen Zwiebeltürme des kleinen Klosters in der Abendsonne. Florentine fasste wieder Mut und Hoffnung: Der Gedanke, dass die Qualen der Reise nun bald überstanden sein würden, schenkten ihr wieder mehr Kraft und Vitalität. »Ich hoffe, Vater Nikolai ist noch da«, sagte sie, »Alexander kannte ihn sehr gut. Wir müssen gemeinsam mit ihm beten und dem Herrn dafür danken, dass er uns beschützt hat und ihn darum bitten, dass er unsere Familie durch seine Gnade wieder zusammenführt!« Beim Kloster angekommen, lenkte Petka die Pferde durch das offene eiserne Gittertor in den Vorhof und brachte den Wagen zum Halten. Eine ungewöhnliche Stille umgab den Platz, die Menschen schienen das Kloster verlassen zu haben! Mit Petkas Hilfe stiegen die Damen vom Wagen, um die Klosterkapelle zu besuchen, während Petka die Pferde ausspannte und sie zum Wasserbrunnen führte, wo er ihnen das verschwitzte Fell mit frischem Wasser abrieb. Liebevoll klopfte er seinen Pferden auf das Hinterteil und sprach mit ihnen wie mit guten Freunden, die einen langen, beschwerlichen Weg zurückgelegt hatten.

Plötzlich durchbrach ein Aufschrei aus der orthodoxen Kapelle die Stille. Petka eilte unverzüglich ins Innere der Klosterkirche. Er traute seinen Augen nicht! Seit dem Krieg hatte er einen solch grausamen Anblick nicht mehr erlebt: Vater Nikolai und zwei andere Priester hingen über dem Altar, an den Füßen gebunden, mit den blutenden Köpfen nach unten: Sie waren tot! Die offenen Augen waren nach außen gequollen. Er sah Florentine, die ohnmächtig am Boden lag, in den Armen ihrer verzweifelt weinenden Tochter Anna. Schweigsam kletterte Petka auf den Altar, durchschnitt die Stricke, legte die toten Körper der Priester nebeneinander auf den Boden und schloss ihre hervorstehenden Augen: »Das ist das Werk dieser roten Teufel«, rief er zornig. »Es kann noch nicht lange geschehen sein, denn die Körper sind noch warm. Wir sollten uns hier nicht lange aufhalten und schnellstens nach Schirwinska fahren, dort sind wir sicher!« Hilflos drückte Anna ihre Mutter an sich, bis diese langsam wieder zu sich kam. Petka legte seine Hand auf Annas Schulter: »Denke an die Abschiedsworte deines Vaters, Anna: ›Du musst jetzt stark sein‹!«

Auf Petrovkas Landsitz

Die letzte Wegstrecke den steilen Hügel aufwärts, der zu Petrovkas Landsitz führte, wurde für die erschöpften Pferde äußerst qualvoll, bis der Planwagen endlich den Gutshof erreichte. Das Landgut lag auf einem grünen Hügel, mitten in einem romantischen Umfeld und verdeckt durch urige Kastanien- und Nussbäume. Neben dem stattlichen Herrenhaus gab es viele Wirtschaftsgebäude, Unterkünfte für die Bediensteten und Stallungen für Pferde und sonstige Haustiere. Der stolze Petrovka-Besitz war ein Geschenk des Zaren, als Vermächtnis für treue Dienste seines Untertanen, Alexander Pawlowitsch Petrovka. Dieser war ein leidenschaftlicher Pferdeliebhaber und unterhielt eine Reinzucht von begehrten Vollblutpferden, um die ihn viele herrschaftliche Besucher beneideten! Die Lage des Hügels ermöglichte einen Rundumblick in die Tiefen der Täler mit grünen Wiesen und weitläufigen Flüssen bis zum fernen Waldrand: Der ganze Besitz schien wie eine verwunschene, pastorale Oase des Friedens! Als die späten, unerwarteten Reisenden mit ihrem Planwagen auf dem Gutshofgelände eintrafen, liefen ihnen Joschka, der Verwalter, und zwei Bedienstete, die vom Hundegebell aufgeschreckt wurden, entgegen. Anna stieg als Erste vom Wagen, fiel auf die Knie und küsste die Erde, voll Dankbarkeit, wieder ein Zuhause zu haben. Florentine, noch sichtbar traumatisiert vom grauenvollen Erlebnis in der Klosterkirche, hatte die Ankunft auf dem Landsitz, der von den Ereignissen einer bösartigen Welt außerhalb seiner Grenzen unberührt erschien, noch nicht wahrgenommen. Petka begrüßte den inzwischen verwitweten, sympathischen Gutsverwalter, der den größten Teil seines Lebens auf dem Landgut verbracht hatte und den Petrovkas treu ergeben war. Gleich bei der Ankunft spürte Petka, dass einiges nicht stimmte und dass Joschka ihm, ohne die Gegenwart der Damen, etwas anvertrauen wollte. Florentine hatte nur den einen Wunsch, sich in ihr Schlafgemach zurückzuziehen und bat Anna, die vor Aufregung nicht ans Schlafen dachte, sie zu begleiten. Die Stille und Leere auf der Pferdekoppel machte Petka misstrauisch. Es zog ihn zu den Ställen hin: Joschka hielt ihn am Arm zurück: »Warte, Petka!«, sagte er bedrückt, »es hat sich hier einiges verändert.« Auf die beiden anderen Stallknechte deutend, fuhr er fort: »Wir sind die Einzigen von den Bediensteten, die noch da sind, die anderen sind davongelaufen und haben sich den Bolschewiken angeschlossen ... auch die Mägde!« »Und die Pferde?«, fragte Petka – nichts Gutes ahnend. »Die wurden alle für die rote Armee konfisziert«, sagte Joschka betrübt: »Eine Stute mit ihrem Fohlen steht noch im Stall. ... Sie war davongelaufen und ist später zurückgekehrt.«

Schon früh am Morgen, noch bevor Florentine und Anna aufgestanden waren, hatte Petka seine Inspektion auf dem Gutshof beendet. Die verwaisten Stallungen und die Leere der Koppeln betrübten zutiefst Petkas Seele. Fast empfand er es als Trost, dass Alexander Petrovka diesen Schock nicht mehr erleben musste! Die prachtvollen Pferde mit ihrem ungebändigten Temperament, die sich auf den grünen Wiesen rund um den Gutshof bewegten, waren das eigentliche Leben auf dem Landsitz. Sie vermittelten eine kraftvolle Harmonie zwischen Mensch und Natur! Petka nahm sich vor, erst mit Anna allein zu sprechen, bevor sie gemeinsam Florentine über die neue Situation aufklären wollten.

Als Florentine später von Petka, Anna und Joschka erfuhr, dass die meisten Arbeiter und Mägde davongelaufen und die Pferde für die Rote Armee beschlagnahmt worden waren, war sie bestürzt und wollte es zunächst nicht glauben: »Das wird ein schwerer Schlag für Alexander«, lamentierte sie, »die Pferde bedeuten ihm sehr viel ..., sie waren sein ganzer Stolz!« Anna versuchte, ihre Mutter zu trösten: »Reg dich darüber nicht auf, Mama! Papa wird das bestimmt verstehen. Vergiss nicht, in welch einer Zeit wir leben! ... Es ist Krieg! Wichtig ist, dass wir es geschafft haben, nach Schirwinska zu kommen und leben ... Hier sind wir sicher und zu Hause, Mama. Jetzt kannst du wieder deine eigenen Kleider tragen. Es wird alles wieder gut: Papa wird bestimmt bald zu uns kommen und auch Nachricht von den Jungs mitbringen.« »Wir haben doch unsere Arbeiter immer gut behandelt, ihren Lohn haben sie auch immer erhalten«, sagte kopfschüttelnd Florentine. »Das ist die neue Idee der Revolution, Madame, die Herrschaft des Volkes, der diese Menschen folgen«, bemerkte Joschka erregt: »Das Volk will nicht mehr dienen, weder dem Zaren noch den bisherigen Herrschaften.« Anna wurde sehr nachdenklich: »Ich habe die Herrschaft des Volkes in Petersburg in der St.-Isaak-Kathedrale erlebt, das waren keine Menschen mehr, das waren Bestien! Leider hat unser Vater wirklich geglaubt, dass diese Revolution niemals auf das Land bis Schirwinska vordringen wird!« Petka wollte die ängstlichen Gedanken und die Sorge über die Zukunft in Schirwinska nicht noch mehr beschwören. Obwohl seine Vorahnung nicht gerade optimistisch war, klang seine Stimme zuversichtlich: »Es wird schon irgendwie weitergehen, viele andere haben ein schwereres Schicksal zu ertragen, schließlich ist die Armee des Zaren noch lange nicht geschlagen!«

Die Zeit schien still zu stehen in Schirwinska. Das friedliche Landleben und die stille Harmonie einer kraftvollen, ausgeglichenen Natur wirkten positiv auf die seelische Verfassung und Stimmung von Florentine und Anna! Die Aufregung der ereignisreichen Reise mit dem überstürzten Abschied von St. Petersburg waren überwunden: Zuversicht und Hoffnung bestimmten wieder das Leben. Es gab viel zu tun auf dem Hügel, seitdem das für Haus und Hof verantwortliche Personal nicht mehr zur Verfügung stand. Unter der Aufsicht von Petka entstand mit den verbliebenen Getreuen ein geregelter Tagesablauf, wo jeder seine Aufgabe hatte. Für Anna wurde der vernachlässigte Garten mit üppigen, bunten Blumen und Pflanzen ein Betätigungsfeld, dem sie sich mit großem Eifer widmete. Mit besonderer Hingabe kümmerte sich Petka um die Pferde: fütterte sie mit Hafer, striegelte ihr Fell, kontrollierte Gebiss und Hufe. Florentine wollte ihre exklusive Garderobe aus St. Petersburg und Paris, die bei früheren Gelegenheiten, beim Besuch ihrer noblen Gäste, so bewundert worden war, erst wieder nach Alexanders Ankunft tragen. Inzwischen versorgte sie die exklusiven Wohnräume und deckte stilvoll den Tisch für die Mahlzeiten. Jeden Abend vor Sonnenuntergang ging sie hinauf zum höchsten Punkt des Hügels und blickte in hoffnungsvoller Erwartung den Feldweg hinunter, voller Überzeugung, dass Alexander auf dem Weg zu ihr erscheinen würde. Das abendliche Ritual ihrer trügerischen Hoffnung auf Alexanders Ankunft war für Petka kaum mehr zu ertragen. Ständig kämpfte er mit sich, sein Geheimnis von Alexanders Tod preiszugeben. Er hoffte, dass diese Nachricht auf anderem Weg nach Schirwinska durchdringen und ihn von dieser Last befreien würde. In seinem Inneren spürte er, dass der Friede auf dem Hügel von der Welle der gewaltsamen Revolution, die sich über das ganze Land ausbreitete, bald ein Ende haben würde. Vater Nikolais Tod in der Klosterkirche war bereits ein blutiges Zeichen dafür.

Oft verbrachte Anna mit ihrer Mutter die warmen Abende auf der Gartenbank: Florentine beschäftigte sich mit Handstickerei, während Anna mit ihrer schönen Stimme alte russische Volkslieder sang und dazu auf einer kleinen Balalaika spielte. Manchmal stimmte auch Mama Florentine in den Gesang ein. Angezogen von den herzerwärmenden und stimmungsvollen Melodien, versammelten sich Petka und die anderen Bediensteten als dankbare Zuhörer am Gartenzaun. Es waren friedliche, harmonische Abende und glückliche Stunden, die nicht ahnen ließen, welches Unheil das Schicksal für ihr Leben bestimmt hatte. Petkas Vorahnung, das friedliche Dasein auf dem Landsitz der Petrovkas könnte nur von kurzer Dauer sein, erfüllte sich in einer dramatischen Weise, welche die schlimmsten Befürchtungen übertraf.

Die Belagerung

In der Ferne, aus dem Dunkel der Wälder, ertönte das immer stärker werdende, donnernde Dröhnen hunderter galoppierender Pferdehufe, die sich in der Morgendämmerung dem Hügel von Schirwinska näherten! Es war eine Reitertruppe der Roten Armee der Bolschewiki, die den Hügel umkreisten und mit lauten Kommandorufen die Stille unterbrachen. Die rote Revolution hatte das letzte Domizil der Petrovkas endgültig erreicht. Die ersten Lichtstrahlen des angebrochenen Tages erhellten den Vorplatz des Gutshofes, auf dem sich die Reitertruppen sammelten: Auf seinem unruhig stampfenden Pferd sitzend, erteilte Genosse Kommandant, Andrei Barankowitsch, ein selbstbewusster, brutal wirkender Typ von 35 Jahren, seine Befehle: »Durchsucht alle Gebäude. Solltet ihr auf Widerstand stoßen, erschießt dieses Bourgeois-Gesindel!« Rote Soldaten schwärmten über das Gelände in alle Richtungen aus, zerschlugen mit ihren Gewehrkolben Fenster und Türen und durchsuchten alle Räumlichkeiten nach Hausbewohnern, die sie wie Tiere aus dem Hause jagten. Joschka, der Verwalter, und seine Arbeiter taumelten, von Schlägen der roten Soldaten angetrieben, aus ihren Quartieren ins Freie! Mit einem Strick um den Hals zogen zwei Soldaten Petka, der im Stall bei den Pferden schlief, zum Vorplatz hinaus, während Florentine und Anna aus dem Hause liefen. Sie wurden von laut lachenden roten Soldaten verfolgt, die sie mit ihren Gewehren zu Boden schlugen. Nur in Unterhosen und Nachthemd bekleidet, wurden sie alle gezwungen, sich mit erhobenen Händen vor dem

Herrenhaus am Vorplatz in einer Reihe aufzustellen. Ungerührt, mit einem satanischen Grinsen, beobachtete der rote Anführer Barankowitsch den entwürdigenden Auftrieb der eingeschüchterten Menschen, die der Macht des hasserfüllten roten Fanatikers ausgeliefert waren. Seine roten Schergen bildeten einen Halbkreis um die unglücklichen Opfer und starrten sie mit lüsternen Blicken an. Barankowitsch stieg vom Pferd und betrachtete verächtlich seine hilflosen Gefangenen in ihren Nachtgewändern. Selbstherrlich schritt er langsam vor ihnen auf und ab, dabei spielerisch mit der Armeepistole seine Macht demonstrierend! Vor Joschka und den beiden Arbeitern blieb er als Erstes stehen und schrie sie zornig an: »Jetzt werdet ihr erfahren, was mit denen geschieht, die den Bourgeois-Parasiten dienen. Warum seid ihr nicht dem Beispiel der anderen gefolgt und mit ihnen fortgegangen? Diese Ratten sollen für sich selber sorgen. Für Feiglinge wie ihr es seid, ist kein Platz mehr in unserer neuen Ordnung!«

Barankowitsch gab seinen Soldaten ein Zeichen. Daraufhin banden sie den drei Männern die Hände auf dem Rücken zusammen und schoben sie mit groben Stößen an die Hausmauer, wo sie sich hinknien mussten. Auf Kommando wurden sie kaltblütig durch Genickschüsse hingerichtet! Als Petka die Schüsse vernahm, verzerrte sich wütend sein Gesicht. Diese Grausamkeit trieb ihm das Blut in die Adern. Barankowitsch stellte sich vor Petka und betrachtete ihn spöttisch: »Passt dir was nicht, Genosse?« Linkisch versetzte er Petka einen Fußschlag gegen dessen Beinstumpf, der ihn zum Umfallen bringen sollte. Doch mit unbewegtem Gesichtsausdruck widerstand Petka diesem Versuch. Geziert grinsend wendete sich Barankowitsch von ihm ab und ging auf Florentine zu, die stolz und aufrecht stehend, ohne zu wanken, Barankowitsch verächtlich ins Gesicht schaute. Überrascht und ungläubig starrte Anna auf ihre Mutter. Niemals hatte sie diese mutige Haltung und die Kraft von ihr vermutet. Etwas irritiert und zynisch befahl Barankowitsch: »Zeig mir deine Hände!« Florentine zögerte zunächst, dann gehorchte sie. Ihre Hände waren sehr gepflegt; man konnte ihnen ansehen, dass sie nie hart hatten arbeiten müssen. Barankowitsch betrachtete ihre Hände und bemerke spöttisch: »Es wird höchste Zeit, dass diese Hände für

Arbeit verwendet werden!« Als er mit nach hinten verschränkten Armen vor Anna stand, verklärte sich sein Gesicht zu einem teuflischen Grinsen: »Ja, wen haben wir denn hier? Bestimmt noch eine Jungfrau …, nehmen wir mal an! In den Armen eines richtigen Mannes könnte vielleicht noch eine leidenschaftliche Patriotin in der Armee unseres Volkes aus ihr werden!« Lautstarkes Gelächter der umstehenden Soldaten brach aus. Aber das Spiel des Unberechenbaren war noch nicht zu Ende: Gezielt, nonchalant mit seiner Pistole spielend, demonstrierte er seine Macht über Leben oder Tod! Durch ein kurzes Zeichen reichte ihm ein Soldat sein Gewehr: Nach Durchladen des schussfertigen Karabiners zielte Barankowitsch auf die Köpfe seiner drei Gefangenen. Mit aschgrauen Gesichtern, sich fest an den Händen haltend, die Augen geschlossen, erwarteten Florentine, Anna und Petka ihre Exekution. Nur Florentines Lippen bewegten sich im Gebet. Ein Schuss löste sich und eine flatternde Taube, die auf dem Dach saß, fiel tot zu Boden. Amüsiert über sein gelungenes, satanisches Manöver lachte Barankowitsch laut auf und die Soldaten stimmten mit grölendem Gelächter ein. Als Barankowitsch sich beruhigt hatte, bestieg er wieder sein Pferd und mit erhobener Stimme sprach er: »Um zu beweisen, dass ich kein Bourgeois-Fresser, sondern ein großzügiger Mensch bin, lasse ich euch am Leben. Von jetzt an habt ihr die große Ehre, dem Volk und der Armee des Volkes zu dienen!« Wieder brachen die roten Soldaten in ein lautes Gelächter aus …

Barankowitsch und seine wilden Reiter hatten sich endgültig auf dem gesamten Petrovka-Besitz ausgebreitet. Die Lage des Hügels erwies sich als ein idealer, strategischer Stützpunkt, der eine weite Übersicht der Umgebung ermöglichte! Leichte Artilleriegeschütze, die an verschiedenen Blickpunkten in Stellung gebracht wurden, dazu verteilte Beobachtungsposten, machten den Hügel gegen feindliche Angriffe praktisch uneinnehmbar. Das Herrenhaus wurde zur Befehlszentrale für den roten Stab umfunktioniert. Als Gemeinschaftsquartier für die roten Funktionäre wurden die Gästeschlafzimmer übernommen. Petrovkas wertvolle Bibliothek diente Barankowitsch als Kommandeursbüro: Seine erste Handlung war, das Porträt des Zaren, ein persönliches Geschenk an Alexander Petrovka, von der Wand zu schießen. Florentine, Anna und Petka wurden zu Sklaven der roten Besatzer erniedrigt, denen sie Tag und Nacht zu Diensten stehen mussten. Während Petka sich eine Schlafstelle im Stall bei den Pferden einrichten konnte, mussten die Frauen in den spartanisch eingerichteten Räumen des ehemaligen Dienstpersonals wohnen: Ihre Tage waren bis spät mit Kochen, Waschen, Hausarbeiten, Uniform- und Stiefelputzen ausgefüllt. Für die Erfüllung von Extrawünschen musste oft die Nachtruhe unterbrochen werden.

Die Besetzung des Hügels durch Heinrich Bredow

Die Pferde der roten Kavalleristen waren auf die Koppeln und Stallungen des ehemaligen Petrovka-Gestütes verteilt und Petka erhielt seine täglichen Befehle vom Stallmeister der Roten Armee. Für ihn war es ein Trost, mit den Pferden zusammen leben zu können: Es waren seine Freunde. Das inzwischen ausgebaute und gut verschanzte Waldlager der deutschen Schwadron, unter dem Kommando von Rittmeister Heinrich Bredow, war sowohl für den Angriff als auch für die Verteidigung ihrer militärischen Mission vorbereitet. Auf der Suche nach Feindberührung mit roten Revolutionstruppen war das ausgesandte Suchkommando erfolgreich zum Stützpunkt zurückgekehrt. Ihr Bericht und vor Ort angefertigte Gelände- und Lageskizzen wurden von Heinrich Bredow mit seinen Stabsoffizieren ausführlich analysiert und diskutiert. Bredows Kundschafter hatten den Hügel von Schirwinska ausfindig gemacht, der von den roten Truppen als optimale strategische Basis besetzt war. Auch die Anzahl der leichten Geschütze und Beobachtungsposten wurden festgestellt. Als Ergebnis der Lagebesprechung war es offensichtlich, dass ein Angriff zur Übernahme des Hügels äußerst schwierig und verlustreich sein würde. Für eine erfolgreiche Attacke benötigte man eine besondere Überraschungstaktik: »Aber wie?«, fragte Bredow nachdenklich seine Offiziere. Leutnant Burghardt, ein junger, intelligenter Offizier, dessen Fantasie sich in schwierigen Lagen oft bewährt hatte, sagte schmunzelnd: »Es gibt eine Achillesferse bei den russischen Soldaten, Herr Rittmeister!« Bredow schaute fragend auf den jungen Leutnant: »Die Russen verbringen ihre langen Abende mit gefüllten Wodkaflaschen, besonders wenn sie einsam sind, was man da oben auf dem Hügel voraussetzen kann. Das könnte ein großer Vorteil für uns sein!« Bredow nickte dem zustimmend zu: »Schicken Sie eine zuverlässige Nachtpatrouille zu dem Hügel. Ich hoffe, Sie haben Recht, denn das könnte wirklich die Lösung sein!«

Trotz ungewohnt schwerer Arbeit unter Aufsicht der roten Bewacher hatten Florentine und Anna bis zur Grenze ihrer Belastbarkeit alle Demütigungen ertragen.

Für Florentine bedeutete die entwürdigende Schmach eine von Gott auferlegte Prüfung, die ihr vom Schicksal zugewiesen wurde, als Ausgleich für ein sorgenfreies, wohl behütetes Leben, das sie bisher so selbstverständlich in Anspruch genommen hatte, ohne die Not des leidenden Volkes zu beachten. Sie bewies Charakterstärke und eine menschliche Größe, zu der nur außergewöhnliche Menschen fähig sind. Auf dem Boden kniend befolgten Florentine und Anna einen schikanösen Befehl, den Küchenboden zu schrubben. Für die jungen, primitiven Bewacher diente diese Schikane lediglich dem Zweck, die beiden Frauen mit lüsternen Blicken anstarren zu können. Ihre dabei offenkundigen, hinterhältigen Absichten wurden durch gegenseitiges Zugrinsen bestärkt.

Nach Einbruch der Dunkelheit, um die Einsamkeit auf dem Hügel von Schirwinska an den langen, warmen Abenden zu verdrängen, gab es für die roten Soldaten nur eine Lösung: trinken, singen und tanzen! Wie Hirten umlagerten sie ein offenes Feuer und beklatschten ihre Kameraden, die mit wilden Kosakentänzen und artistischen Sprüngen bis zur Erschöpfung ihre Künste vorführten. Kaum hatte einer seinen Solotanz beendet, sprang sofort der nächste in den geschlossenen Kreis, begleitet vom rhythmischen Klatschen der sie begeistert anfeuernden Zuschauer und von den Klängen der Balalaika-Spieler, während die Wodkaflaschen unter den Männern von Hand zu Hand gereicht wurden. Es war immer der gleiche Ablauf:

Sobald das Tempo der Tanzeinlagen nachließ, begannen die angetrunkenen Soldaten mit Soloeinsätzen sentimentale, altrussische Volkslieder anzustimmen, die ihre russische Seele zum Zerschmelzen brachte!

Im Schutz der Dunkelheit, hoch in den Baumkronen sitzend, verfolgten Heinrich Bredows Kundschafter die Gewohnheiten der roten Hügelbesetzer und konnten Leutnant Burghardts Vermutung über ihre Achillesferse bestätigen. Der Sturm auf den Hügel von Schirwinska wurde generalstabsmäßig in allen Einzelheiten vorbereitet: Er war für den deutschen Rittmeister Heinrich Bredow die erste militärische Aktion gegen die bolschewistischen Revolutionstruppen.

Florentine und Anna hatten ständig Angst, als einzige Frauen, inmitten einer rüden Horde von Männern, deren Gewalt und Gier ausgeliefert zu sein. Andrei Barankowitschs unausgesprochener Eigentumsvorbehalt auf die beiden Frauen hatte bisher verhindert, dass sie Opfer dieser Gewalt wurden. Der Entschluss der jungen Bewacher von Florentine und Anna am Tage ihrer Küchenaufsicht, diesen Besitzanspruch ihres Kommandanten zu ignorieren, hatte fatale Folgen. Ermüdet von der mühsamen Tagesarbeit, begaben sich Florentine und Anna in ihr Schlafzimmer. Wie gewöhnlich versperrten sie die Tür und stellten die spärlichen Möbel gegen die Innentür. Ein Küchenmesser, das Anna zum Selbstschutz immer in ihrer Kleidung versteckt hielt, legte sie sorgfältig unter die Bettdecke. Bevor sie sich jedoch in das Bett legte, umarmte Anna ihre tapfer leidende Mutter zum Nachtkuss und sprach zu ihr liebevolle, tröstende Worte. An den grölenden, nächtlichen Gesang der betrunkenen Soldaten, der durch ihr Fenster drang, hatten sich beide inzwischen gewöhnt.

Nachdem die roten Soldaten glaubten, sich genügend Mut angetrunken zu haben, versuchten sie zu Dritt gewaltsam in das Schlafzimmer von Florentine und Anna einzudringen: Polternd schlugen sie gegen die verschlossene Tür, bis es ihnen gelang, die Blockade von innen mit krachendem Getöse zu durchbrechen. Zu Tode erschrocken und mit panischer Angst erwachten die beiden Frauen aus ihrem erschöpften Schlaf. Anna sprang aus dem Bett und lief laut aufschreiend zum Fenster, kniete hin und betete inbrünstig zum Himmel. Dabei hielt sie ihr goldenes Kreuz mit der Kette, das ihr Vater Alexander beim Abschied in St. Petersburg um den Hals gelegt hatte, in der linken Hand, während sie mit der rechten Hand das Küchenmesser fest umklammerte.

Barankowitsch saß noch mit einer halbleeren Wodkaflasche am Schreibtisch in Petrovkas Bibliothek, wo er sorgfältig mit dem Studium von Dokumenten beschäftigt war. Florentines verzweifelte Schreie drangen bis zu seinem offenen Fenster. Sofort sprang er auf, nahm seine Pistole und eilte zum Nebengebäude. Als er in das Schlafzimmer der beiden Frauen hineinstürzte, bot sich ihm ein groteskes Bild, das sogar einen hartgesottenen Mann wie ihn aus der Fassung brachte: Anna hatte sich in die äußerste Ecke verkrochen, mit dem Küchenmesser wild um sich schlagend. Sie war bereit, den roten Soldaten, der sie bedrängte, zu erstechen. Während die beiden anderen Soldaten der sich heftig wehrenden, laut schreienden Florentine näherten, ihr Nachtgewand zerrissen und dabei waren, sie zu vergewaltigen, zögerte Barankowitsch keinen Augenblick. Er packte die überraschten Soldaten am Genick und jagte sie mit Fußtritten aus dem Zimmer. Laut fluchend schrie er ihnen nach: »Verschwindet, ihr besoffenen Idioten, diese Täubchen sind speziell für mich reserviert, haltet euch gefälligst aus meinem Revier heraus.« Lachend drehte er sich um und ging auf Anna zu, die das Küchenmesser drohend in ihrer erhobenen Hand hielt: »Ich sehe, ich habe dich unterschätzt, mein Täubchen, in dir scheint mehr Leidenschaft zu stecken, als ich vermutet habe. Es wird höchste Zeit, eine Frau aus dir zu machen, bevor es andere für mich übernehmen! ... Und jetzt gib mir das Messer, sonst breche ich dir deinen schönen Hals!« Anna erstarrte, als Barankowitsch sich langsam auf sie zu bewegte ...

Heinrich Bredow verließ nach Mitternacht mit seinem gut vorbereiteten Vorauskommando den Waldstützpunkt, überquerte den angrenzenden Fluss und führte seine Kavalleristen, nachdem sie die weite Ebene überquert hatten, vorsichtig bis zum unteren Rand des von den roten Truppen besetzten Hügels von Schirwinska.

Der Angriff war vor Anbruch der Morgendämmerung geplant. Um sicher zu sein, die roten Besetzer schlafend überraschen zu können, wurde ein »Spähtrupp« ausgesandt, der die Verhältnisse auf der Hochebene des Hügels zu erkunden hatte. Was die Späher auskundschafteten, war wie immer das gleiche Szenarium. Die Asche des Campfeuers glühte noch, während die meisten der roten Soldaten ihren Wodka-Rausch im Freien ausschliefen. Das Ganze erschien wie ein Bild eines friedlichen Nachtlagers, das sich den Spähern bot, auch die Wachposten auf den verteilten Beobachtungstürmen dösten in ihrem Vollrausch dahin. Bredows Sturmkommando überwältigte zunächst geräuschlos die schlafenden Wachposten, wobei ein aufmerksamer Beobachter vorzeitig die Angreifer entdeckte und durch Warnschüsse das Lager der Bolschewiki alarmierte. Als Bredows Befehl zum Sturmangriff erfolgte, liefen die völlig überraschten roten Soldaten kopflos in alle Richtungen, ohne die Möglichkeit zu haben, ihre Waffen an sich zu nehmen. Niemand war auf diesen plötzlichen Angriff in der Morgendämmerung vorbereitet! Um das nackte Leben zu retten, blieb nur die Flucht auf den ungesattelten Pferden, die sie von der Koppel und aus den Ställen befreien konnten. Aufgeschreckt von den Schüssen und dem wilden Geschrei, stürzte Barankowitsch an das offene Fenster. Ungläubig starrte er auf das Chaos seiner widerstandslos fliehenden Soldaten, die von deutschen Kavalleristen gejagt wurden und die daraufhin den Hügel eroberten. Wütend ergriff Barankowitsch seine Pistole, rannte ins Freie, entschlossen, seine Soldaten an der Flucht zu hindern: »Kommt zurück, ihr feigen Dreckskerle, holt eure Waffen und kämpft für die glorreiche Revolution unseres Volkes!«, schrie er hysterisch den davon galoppierenden Soldaten nach. Auch sein Versuch, ein Pferd aufzuhalten, um den fliehenden Reiter vom Pferd zu ziehen, misslang kläglich. Er landete auf dem Boden, wobei ihm erst bewusst wurde, dass er nur mit Unterhosen bekleidet war.

Erst als er endgültig begriff, dass die Lage für ihn hoffnungslos geworden war, sprang er auf ein flüchtendes Pferd und galoppierte, ziellos um sich schießend, seinen Soldaten hinterher.

Der Hügel war gefallen! Und die Ruhe nach dem Sturm stellte sich ein.

Alexander Petrovkas Landsitz war nun in deutscher Hand ...

Kommandeur Heinrich Bredow inspizierte mit seinen Offizieren das Gelände auf dem eroberten Hügel mit den Gutshofgebäuden und gab Anweisungen zur Errichtung einer Verteidigungslinie. Er war fest davon überzeugt, dass die roten Truppen die schmachvolle Vertreibung von diesem strategisch wichtigen Stützpunkt nicht hinnehmen und früher oder später einen Gegenangriff unternehmen würden.

Als er alleine die von Barankowitsch verlassene Kommando-Zentrale im Herrenhaus betrat, staunte er über die noble, antike Einrichtung und die umfangreiche Bibliothek, in der auch Bände deutscher Klassiker zu finden waren. Es wunderte ihn, weshalb die Bolschewiki bei der sonst üblichen vandalischen Zerstörungswut diese Symbole herrschaftlichen Bürgertums verschont gelassen hatten. Interessiert setzte er sich an den massiven Schreibtisch und betrachtete die vor ihm ausgebreiteten Aufzeichnungen mit Geländeskizzen und versuchte daraus einen Sinn zu entnehmen; durch ein heftiges Klopfen gegen die halb offene Tür wurde er jedoch unterbrochen:

Drei Wachsoldaten salutierten und stießen Florentine, Anna und Petka in den Raum:

»Herr Rittmeister, diese hier haben sich im Stall versteckt, was soll mit ihnen geschehen?« Überrascht blickte Bredow auf die erschöpften Gestalten in ihrer abgenützten Kleidung, die sichtbar aus besseren Zeiten stammte. Trotz der erbärmlichen Erscheinung erkannte Heinrich Bredow sofort, dass es sich bei den beiden Frauen um keine gewöhnlichen Proletarier handelte: »Holen Sie unseren Dolmetscher!«, befahl Bredow einem Soldaten. Selbstbewusst trat Anna einen Schritt vor: »Sie brauchen keinen Dolmetscher, Herr Rittmeister, ich spreche Deutsch!«

Völlig überrascht über diese Antwort, betrachtete Bredow die junge, couragierte Russin: »Na, dann sagen Sie mir erst einmal, mein Fräulein, wer Sie sind und was Sie hier tun!«, wollte Bredow wissen. »Ich bin Anna Alexandrowna Petrovka«, und ihre Mutter bei der Hand nehmend, fuhr sie fort: »Das ist Florentine Gregorjewna Petrovka, meine Mutter!« Dann zeigte sie auf Petka: »Und hier ist unser Diener Schurka Petrovitsch. Wir sind hier, weil dieser Gutshof uns gehört. Mein Vater, Alexander Petrovka, hat uns aus Petersburg hierher geschickt, um uns vor den Händen der roten Bolschewiki zu retten«, betonte sie in gutem Deutsch mit stark russischem Akzent. Freundlich lächelnd erwiderte Bredow: »Und nun sind Sie in die Hände der Deutschen gefallen!« Florentine stand kurz vor dem Zusammenbruch. Heinrich Bredow erhob sich und bat ihr einen Stuhl an. »Es tut mir Leid, Madame; ich sehe, Sie haben Schweres ertragen müssen, der Krieg kennt keine Gnade mit seinen Opfern«, und erklärend fügte er hinzu: »Wir sind hier, um dem Zaren zu helfen, Ordnung in Ihrem Land herzustellen, doch wie sich die Dinge entwickeln, hat seine weiße Armee kaum noch eine Chance zu überleben!« Anna war geschockt: »Aber was wird dann mit uns geschehen?« »Solange wir hier sind, haben Sie nichts zu befürchten«, antwortete Bredow. »Ich garantiere Ihnen, niemand wird Sie belästigen. Natürlich kann sich die Lage jederzeit schnell ändern, darauf müssen Sie gefasst sein!« Florentine war mit ihrer Kraft am Ende. Anna schloss sie in ihre Arme und versuchte, sie zu trösten. »Ihre Mutter braucht Ruhe, bringen Sie Madame ins Bett!« Bredow rief den an der Tür stehenden Soldaten zu: »Begleiten Sie die Damen und holen Sie einen Sanitäter. Wir werden alles Mögliche tun, damit Sie beide wieder zu Kräften kommen«, beruhigte Bredow die um ihre Mutter besorgte Anna, »morgen erzählen Sie mir dann alles, was hier vorgefallen ist. Ich kann mir gut vorstellen, wie man Sie behandelt hat. Außerdem interessiert es mich, über Ihre Familie in Petersburg einiges zu erfahren.« Als Bredow Petkas Beinstumpf erblickte, fragte er wohlwollend: »Haben Sie Ihr Bein im Krieg verloren?« »Ja, Herr«, antwortete Petka kurz. »Wie ist das geschehen?« »Durch eine deutsche Granate, Herr«, antwortete Petka. »Das tut mir Leid. Wissen Sie, viele meiner deutschen Kameraden haben ihre Beine durch russische Granaten verloren.« »Was haben Sie hier getan, während die Roten den Hügel besetzt hielten?«, insistierte Bredow.

»Ich habe mich um deren Pferde gekümmert.« »Würden Sie sich auch um deutsche Pferde kümmern?« »Pferde sind meine Leidenschaft, Herr ...«, antwortete Petka überzeugend. »Dann haben wir etwas gemeinsam«, lächelte Bredow.

Einige Wochen waren inzwischen vergangen, seit die Deutschen den Hügel von Schirwinska besetzt hielten. Es herrschte strenge Disziplin und Ordnung, mit einem täglichen Dienstplan, dessen Einhaltung von den diensthabenden Offizieren überwacht wurde. Wachen und Beobachtungsposten waren verstärkt, eine Verteidigungsgrenze für den Gegenangriff mit der von den Roten zurückgelassenen Artillerie und den eigenen Geschützen aufgestellt. Vorposten zur rechtzeitigen Wahrnehmung von feindlichen Truppen waren weit außerhalb des Hügelgeländes eingesetzt. Das deutsche Kommando stand in ständiger Alarmbereitschaft, um auf einen taktischen Überraschungsangriff, wie sie ihn selbst erfolgreich praktiziert hatten, vorbereitet zu sein! Heinrich Bredow gestattete den Damen, wieder ihre Herrschaftsräume zu benutzen. Florentines Gesundheitszustand verschlechterte sich jedoch zunehmend, zum Leidwesen von Anna, die sich aufopfernd um ihre Mutter kümmerte. Täglich verbrachte sie viel Zeit an ihrem Bett, las ihr alte Briefe von Alexander vor, zitierte aus Büchern von Puschkin und Tolstoi oder spielte auf der Balalaika und sang dazu ihre Lieblingslieder. Oftmals am Abend, wenn Heinrich Bredow seinen Routine-Rundgang über den Gutshof unternahm, blieb er unter dem offenen Schlafzimmerfenster von Florentine stehen und lauschte bewegt auf die alten russischen Lieder, die Anna ihrer Mutter vorsang.

Andrei Barankowitschs Vergeltung

Die Herrschaft der Romanows und damit das Regime Zar Nikolaus II, Herrscher aller Reußen, war zusammengebrochen. Lenins blutige Revolution überschwemmte das große Russische Reich und zeigte verheerende Wirkung auf das Bürgertum. Obwohl der loyale, zaristische Befehlshaber, Admiral Alexander Kolschock, verzweifelt gegen die Auflösung seiner weißen Armee ankämpfte, konnte er das massenhafte Überlaufen der zaristischen Soldaten zu den roten Revolutionstruppen nicht mehr aufhalten. Die Bolschewiki mit ihrer inzwischen machtvollen Roten Armee beherrschten Volk und Land. Trotzdem gab es einzelne, verstreute Truppenteile, die bereit waren, ihr Leben für den Zaren zu opfern. Sie leisteten erbitterten Widerstand.

Andrei Barankowitsch, der rote Kommandant, konnte die erlittene Schmach seiner Vertreibung vom Hügel bei Schirwinska durch die Deutschen nicht überwinden und schwor blutige Vergeltung. Aufgerüstet mit zusätzlichen Mannschaften und einer neuen Artillerie-Einheit, sammelte er seine Truppe, um mit einem Gegenschlag die Deutschen auf dem Hügel zu vernichten, was er kaum erwarten konnte. Mit euphorischen Parolen versuchte Barankowitsch seine roten Krieger ideologisch auf den bevorstehenden Kampf einzustimmen: »Genossen«, schrie er, »wir werden diesen dekadenten Imperialisten beweisen, dass niemand mehr die Bewegung der Arbeiterklasse aufhalten kann! In unserer progressiven klassenlosen Gesellschaft ist kein Platz für Kollaborateure mit dem verrotteten, zaristischen Regime. Von jetzt an sind wir, das Volk, die Herren. Die Zukunft liegt in unserer Hand!« Der Befehl des Tages lautete: »Wenn wir zum Hügel zurückkehren, werden keine Gefangenen genommen!« Enthusiastisch erhoben die Soldaten ihre Fäuste und begannen laut die »Internationale« zu singen. Es wurde ihr Schlachtruf, bevor sie sich zum Kampf auf den Hügel bei Schirwinska in Marsch setzten.

Im Vergleich zu der menschlich unwürdigen Behandlung, die Anna und ihre Mutter während der roten Besetzung auf ihrem eigenen Landsitz erleiden mussten – ein Landsitz, der ihnen wegen der gefährlichen Entwicklung in St. Petersburg als letzte rettende Zuflucht zum Überleben dienen sollte –, erwiesen sich die veränderten Lebensbedingungen für sie und Petka, dank der verständnisvollen Behandlung Rittmeister Bredows, nunmehr als ein Segen. Nur die Ungewissheit über das Schicksal Alexander Petrovkas und seinen Söhnen bereitete ihnen schlaflose Nächte.

Wenn Alexander allerdings mit ihnen auf dem Landsitz gewesen wäre, wäre er mit Sicherheit nicht der Verfolgung Barankowitschs entkommen. Es war jedoch äußerst fraglich, wie lange Heinrich Bredow ihnen Schutz und Geborgenheit vor den Roten sichern konnte. Florentine legte in ihren täglichen Gebeten ihr Leben in Gottes Hand.

Kommandeur Heinrich Bredow hatte Petrovkas Herrenzimmer mit der Bibliothek, das Barankowitsch als seine Kommandozentrale benutzt hatte, auch für sich als Kommandobüro übernommen. Anna bemühte sich um sein persönliches Wohl, was er mit zurückhaltender Sympathie zur Kenntnis nahm. Einfach, aber geschmackvoll angezogen, ihr dichtes Haar nach hinten mit einer Schleife gebunden, betrat Anna Heinrich Bredows Büro, übergab ihm seinen gereinigten Uniformrock mit geputzten Stiefeln und bereitete heißes Wasser vom Samowar für den Tee. Sie wollte gerade den Raum wieder verlassen, als Bredow sie teilnahmsvoll fragte: »Wie geht es heute Ihrer Frau Mutter?« »Danke, Herr …, ich mache mir Sorgen. Ihre

Temperatur ist noch sehr hoch …« »Sollte das Fieber bis morgen nicht fallen, schicke ich einen Kurier zu unserem Wald-Hauptstützpunkt und lasse den Sanitätsarzt holen, damit er sie untersucht.« Ungläubig, gerührt, sagte Anna: »Das ist wirklich sehr freundlich von Ihnen, dafür danke ich Ihnen von Herzen.« Mit einer Geste forderte Bredow sie auf, an seinem Schreibtisch Platz zu nehmen: »Ich befürchte, die Nachrichten von St. Petersburg sind nicht sehr ermutigend. Hoffentlich war Ihr Vater in der Lage, die Stadt rechtzeitig zu verlassen.« Anna konnte ihre Tränen kaum zurückhalten. »Seit wir Petersburg verlassen mussten, haben wir von Vater nichts mehr gehört.« Bredow versuchte sie zu trösten: »Sie müssen geduldig sein, Anna, zur Zeit ist die Kommunikation sehr schwierig, es gibt nur Gerüchte, auf die man besser nicht hören sollte.« Bredow bemühte sich, das Thema zu wechseln, um sie abzulenken: »Ich wollte schon immer einmal St. Petersburg kennen lernen, es muss eine wunderschöne Stadt sein! Leider war alles, was ich bisher von Russland kannte, nur ein russisches Restaurant in Berlin. Es hieß YAR und wurde mein Lieblingsrestaurant, das ich jeden Samstagabend besuchte. Hoffentlich existiert es noch, wenn ich zurückkomme! Besonders die alten russischen Volkslieder mit der Balalaika-Musik haben mich dort immer begeistert.« »Auch ich spiele Balalaika und kenne viele russische Volkslieder«, erwiderte Anna spontan. »Ich weiß«, lächelte Bredow ihr zu, »oft stand ich vor ihrem offenen Fenster und habe zugehört, Sie haben eine wunderschöne Stimme!« Verwirrt, errötend reagierte Anna leise: »Oh, wirklich?« Mit gesenktem Blick versuchte sie von sich abzulenken: »Berlin muss auch eine schöne Stadt sein!« »Wenn der Krieg vorbei ist, sollten Sie Berlin besuchen, um es selbst herauszufinden«, ermutigte sie Bredow. »Ach, das ist nur ein schöner Traum«, bemerkte Anna wehmütig. »Mädchen in Ihrem Alter sollten ihre Träume niemals aufgeben«, schmunzelte Bredow. Das Gespräch wurde von einem jungen Leutnant unterbrochen, der hektisch zur Tür hereinkam und salutierte: »Herr Rittmeister, wir erhielten soeben vom Kurier die eilige Meldung, dass die Roten zum Angriff auf den Hügel in Stellung gegangen sind!« Sofort sprang Heinrich Bredow vom Schreibtisch auf und befahl dem Leutnant: »Geben Sie Großalarm, und schicken Sie sofort eine Aufklärungsmannschaft los, um die Stärke der Roten zu erkunden, besonders die Stärke der Artillerie. Ich erwarte den Rapport unverzüglich nach deren Rückkehr!«

Bestürzt, in panischer Angst, lief Anna aus dem Raum.

Nach nüchterner Einschätzung der tatsächlichen Lage, aufgrund der Feuerkraft und Truppenstärke der Roten, die sich zum Sturm auf den Hügel vorbereiteten, kamen Kommandant Bredow mit seinen Offizieren zur Erkenntnis, dass bei der überlegenen Übermacht der roten Angreifer die Verteidigung des Hügels ein reiner Selbstmord mit sinnlosem Massaker bedeutete. Eine voraussehbare, totale Zerstörung des Landsitzes mit unzähligen Opfern von Toten und Verwundeten wären die Folgen.

»Bei Einkreisung des Hügels durch die Roten, mit ihrer schweren Artillerie, wären wir ein leichtes Ziel. Und wir säßen in der Falle, ohne Fluchtweg«, erläuterte ein erfahrener Frontoffizier. »Auch wenn unsere Reservekavalleristen vom Wald-Stützpunkt angreifen, würde sich an der Lage nichts ändern!« Für Kommandant Heinrich Bredow blieb keine Wahl: Er dachte an das Leben seiner jungen Kavalleristen und erteilte schweren Herzens den Befehl zur Räumung des Hügels und den sofortigen Rückzug zum Waldstützpunkt.

Heinrich Bredow beseitigte alle Dokumente vom Schreibtisch in Petrovkas Büro und eilte in voller Kampfausrüstung, um Anna zu suchen. Er fand sie ruhig und gefasst im Schlafzimmer von Florentine, wo sie vor ihrem Bett kniete und aus der Bibel vorlas. »Wir räumen den Hügel«, unterbrach Bredow abrupt: »Sie müssen sofort mit mir kommen. Der einzige Platz, wo ich Sie beschützen kann, ist unten im Waldlager. Packen Sie nur das Notwendigste zusammen. Ich werde Ihnen helfen!« »Mutter ist zu schwach, sie kann sich kaum bewegen. Ich darf sie nicht alleine lassen«, antwortete Anna beherrscht und entschlossen. »Ich habe Vater mein Wort gegeben. Was auch immer geschehen wird, ich werde bei ihr bleiben!« »Aber Sie sind doch noch so jung, Anna, warum wollen Sie Ihr Leben opfern?« Sofort begriff Bredow, wie herzlos seine Worte waren. Er konnte nicht erwarten, dass Anna ihre Mutter im Stich ließ. Ruhig erhob sich Anna und ging auf Bredow zu. Zärtlich umarmte sie ihn mit den Worten: »Danke für alles, was Sie für uns getan haben. Ich werde Sie nie mehr vergessen, solange ich lebe ... Gott segne Sie!« Bredow drückte Anna fest an sich. Leidenschaftlich küsste er sie, so wie man einem geliebten Menschen »Lebewohl« sagt. Florentine war sich über die wirkliche Dramatik der Situation noch nicht bewusst. Mit schwacher Stimme flüsterte sie: »Er hat gute Augen! Du darfst ihn nicht verlieren!«

Vor Verlassen des Hügels zügelte Bredow sein Pferd vor den Stallungen und befahl seinem Dolmetscher, nach Petka zu suchen, der die hoffnungslose Lage der Deutschen sofort erkannte. Seine einzige Sorge galt nur Anna und Florentine. »Komm mit uns, wir bringen dich zu unserem Waldstützpunkt, dort bist du vor den Roten sicher«, bot ihm Bredow an. »Danke, Herr, aber mein Leben gehört Anna und ihrer Mutter, ich werde sie nicht verlassen!« Bredow war von Petkas Opferbereitschaft sehr beeindruckt. Er nahm seine Armeepistole aus dem Halfter und reichte sie Petka: »Hier, bewahre sie gut auf, damit du nicht wehrlos bist! ... Kümmere dich um Anna!«

Daraufhin gab er seinem Pferd die Sporen und verließ den Hügel ohne zurückzublicken.

Der Sturmangriff der Roten Armee unter Führung von Andrei Barankowitsch zur Einkreisung des Hügels von Petrovkas Landsitz erfolgte mit donnerndem Hurra Hurra Rufen. Schwere Artillerie Geschütze wurden verteilt, um die möglichen Fluchtwege zu blockieren. Überrascht, dass die Deutschen keinen Widerstand leisteten, begannen die roten Angreifer misstrauisch zu werden und glaubten an eine taktische Falle. Barankowitsch schickte zunächst ein Vorauskommando, das zum Gutshofsgelände vordringen sollte, um die deutschen Besatzer herauszufordern.

Als die Roten endlich begriffen, dass sie getäuscht wurden, und die Deutschen den Hügel wieder geräumt hatten und ihnen entkommen waren, fühlten sie sich um ihren großen Sieg, die Vernichtung der gehassten Imperialisten, betrogen. Für Barankowitsch, der mit diesem Sieg seine Vertreibung vom Hügel im Morgengrauen und auch das noch in Unterhosen vergelten wollte, bedeutete dieser Fehlschlag eine erneute Demütigung und Niederlage.

Das Kampfziel, die restlose Vernichtung der »deutschen Imperialisten«, wurde zwar nicht erfüllt, trotzdem war die Rückkehr zum Hügel von Schirwinska für die roten Truppen Grund genug, ausgiebig zu feiern. Barankowitsch, überzeugt, dass Anna mit ihrer Mutter und Petka sich den Deutschen beim Verlassen des Hügels angeschlossen hatten, erteilte als Erstes den Befehl, alle Räumlichkeiten zu durchsuchen. Petrovkas Herrenzimmer, das er dem deutschen Kommandanten nach seiner Flucht überlassen musste, wurde wieder seine Kommandozentrale. Er nahm seinen alten Platz ein, um über die Lage nachzudenken und streckte seine Beine auf dem Schreibtisch aus.

Ungläubig, überrascht, starrte er auf Anna, die von zwei roten Soldaten in sein Büro gezerrt wurde. »Anna, Anna, mein Täubchen. Du bist nicht mit den Imperialisten davongelaufen? Das werde ich dir nie vergessen!« Barankowitsch nahm die Wodkaflasche vom Tisch und reichte sie den Soldaten: »Das ist für euch, Genossen, dafür, dass ihr mir mein Täubchen wiedergebracht habt!« Die Soldaten salutierten und verließen grinsend den Raum. »Setz dich, mein Täubchen, erzähle mir, wie es dir ohne mich ergangen ist. Du siehst hübsch aus, die Deutschen scheinen dich gut behandelt zu haben! Gut, dass du eine Russin geblieben bist und zu deinem Volk stehst!« Anna war verwirrt, die unerwartet freundliche Begrüßung von Barankowitsch irritierte sie, aber sie traute ihm nicht. Sein pathologischer Hass gegen das Bürgertum hatte tiefere Ursachen. Er war unberechenbar, eitel und jähzornig. Anna reizte ihn nicht nur wegen ihrer unschuldigen Jugend; sie einfach zu vergewaltigen würde seinen männlichen Stolz jedoch zu sehr verletzen. Er wollte mehr – neben ihrem jugendlichen, schönen Körper wollte er auch ihre edle Seele erobern, um seinen Selbstwertkomplex, der ihn plagte, zu überwinden. Die Tatsache, dass Anna auf dem Hügel geblieben war, deutete Barankowitsch zunächst als Zeichen der Ablehnung gegen die Deutschen.

Anna erkannte, dass sie sich Barankowitsch gegenüber sehr diplomatisch verhalten musste, um sein Misstrauen nicht zu wecken. Geschickt reagierte sie auf seine Frage nach Florentine. Sie erzählte ihm, dass die Anwesenheit der Deutschen auf dem Hügel für Florentine so unerträglich war, dass sie erkrankt sei. Obwohl der deutsche Kommandant sie von schwerer Arbeit befreite und ihnen erlaubte, die eigenen Wohnräume zu benützen, konnte sie sich mit dem Gedanken einer deutschen Besatzung nicht abfinden. »Gut«, nickte Barankowitsch zustimmend, »dann soll es auch so bleiben. Und Petka?« »Petka ist im Stall geblieben. Als der deutsche Kommandant sich nach seinem Bein erkundigte, antwortete Petka stolz, sein Bein habe er im Kampf gegen die Deutschen verloren.« Barankowitsch schien mit dieser Darstellung zufrieden zu sein. Bei seiner Frage nach dem Namen des deutschen Kommandanten, des Mannes, der ihn so gedemütigt hatte, erschrak Anna.

Sie wusste, Barankowitsch würde es ihr nicht glauben, wenn sie seinen Namen verleugnete: »Heinrich Bredow«, sagte sie zögernd. Barankowitschs Gesicht wurde zornig. Hasserfüllt wiederholte er den Namen: »Heinrich Bredow, Heinrich Bredow, ich werde mir seinen Namen sehr gut merken!« Mit zweideutigen Blicken betrachtete Barankowitsch Anna, als ob sie ein neues Wesen für ihn wäre. Ängstlich schaute sich Anna nach einem Fluchtweg um, da sie glaubte, er wollte ihr Gewalt antun. Barankowitschs Stimme wurde plötzlich ernst. In ruhigem sachlichen Ton, begann er über Annas Zukunft zu philosophieren, die sie, mit einer für sie unbegreiflichen Welt konfrontierte und in Panik versetzte. »Du kannst es jetzt noch nicht verstehen, Anna, aber eines Tages, wenn du zur Vernunft gekommen bist und die neue Ordnung, den Kampf der Arbeiterbewegung für die gerechte Sache, für Freiheit, Gerechtigkeit und Vereinigung aller Proletarier in der Welt, begriffen hast, wirst du eine von uns sein. Und aus diesem Grunde will ich, dass du an meiner Seite bleibst. Ich weiß, wir brauchen viel Geduld miteinander, Anuschka, aber für das Ziel der Revolution, eine bessere Welt zu schaffen, muss man Opfer bringen!« Ungläubig, mit weit geöffneten Augen, starrte Anna auf Barankowitsch. Entsetzt über das, was sie eben gehört hatte, sprang sie auf und rannte aus dem Zimmer.

Barankowitsch versuchte nicht, sie zurückzuhalten. Für ihn war sie wie ein wildes Fohlen, das er sicher in seiner Hand glaubte, in der Annahme, dass es für sie keine Chance gab zu entkommen.

In der Zwischenzeit erhielt Barankowitsch vom bolschewistischen Armeehauptquartier den Befehl, die Verfolgung der deutschen Truppen aufzunehmen und deren Standort festzustellen. Das Entkommen der deutschen Truppen sollte verhindert werden, damit diese sich nicht den Gardisten der weißen Zaren-Armee anschließen konnten. Suchtrupps wurden ausgesandt, die die Spur der flüchtigen deutschen Kavallerie aufnahmen und schließlich und endlich deren gut verschanzten Waldstützpunkt entdeckten.

Als Barankowitsch mit den Führern seines engen Stabes verschiedene Lagepläne diskutierte und die unterschiedlichen Strategien für einen Angriff auf den deutschen Stützpunkt analysierte, betrat Anna unbemerkt den Raum, brachte Essen und Getränke und stellte dies auf einen Nebentisch. Bei dieser Gelegenheit hörte sie mit Entsetzen die letzten Worte von Barankowitsch, der mit lauter hasserfüllter Stimme den versammelten Genossen Anweisungen erteilte: »Ich glaube, Genossen, das hier ist der beste Plan, um diese deutsche Pest ein für allemal auszuräuchern.« Er zeigte dabei mit seinem Finger auf einen detailliert ausgearbeiteten Angriffsplan: »Wir werden sie alle bis zum letzten Mann ausrotten, niemand darf den Wald lebend verlassen!«

Anna lief es heiß und kalt über den Rücken. Geräuschlos verließ sie den Raum. Geschockt von Barankowitschs Plänen lief sie zu den Stallungen, um Petka zu informieren. Wie befürchtet, war der Überlebenswille Florentines, durch die erneute Besetzung der roten Armee von Petrovkas Landsitz, endgültig gebrochen. Die schrecklichen Erniedrigungen und die ungewohnte, schwere körperliche Arbeit, dazu die Hoffnungslosigkeit auf ein Wiedersehen mit Alexander und ihren Söhnen, hatten ihre Lebenskraft zerstört. Ihr Herz hörte plötzlich auf zu schlagen. Annas Welt brach zusammen, der Schmerz über den Verlust ihrer geliebten Mutter erschütterte ihr junges Leben. Auch Petkas Seele war tief getroffen. Der hart gesottene Mann brach in bittere Tränen aus, als er in der Werkstatt begann, Holzbretter für Florentines Sarg zurechtzusägen und unter ihrem Lieblingsbaum am Hügel ein Grab auszuheben.

Es war ein grauer Nachmittag, die Sonne verzog sich hinter den Wolken, als die Bestattung nach russischem Brauch erfolgte. Der Sarg war offen und wurde erst im letzten Moment geschlossen. Ohne fremde Hilfe mussten Petka und Anna den einfachen Holzverschlag von einem Sarg auf einen Schubkarren heben und diesen zum Grab schieben, vorbei an neugierig grinsenden Soldaten, die nicht das geringste Mitgefühl zeigten, geschweige denn zu Hilfe kamen. Annas von Tränen ausgebrannte Augen waren leer. In einem einfachen, schwarzen Kleid, mit dem kleinen goldenen Kreuz in der Hand, beugte sie sich zu einem letzten Kuss über das blasse, schöne Gesicht ihrer Mutter, das einen tiefen Frieden ausstrahlte. Daraufhin wurde der Sarg geschlossen. Als Petka die Sargkiste nach mehreren Versuchen ins Grab hinunter ließ, kniete Anna am Rande der Gruft nieder, warf einen Strauß gepflückter, bunter Feldblumen auf den Sarg und las laut einige Psalmen aus der Bibel. Nach einem kurzen Gebet bekreuzigten sich beide und begannen gemeinsam, das Grab mit der ausgehobenen Erde zuzuschaufeln. Amüsiert beobachteten aus der Ferne Soldaten das Bestattungs-Zeremoniell und wie Anna verzweifelt in Petkas Arme fiel, der sie liebevoll zu trösten versuchte. »Oh, Petka, es ist so furchtbar. Du bist der Einzige, den ich noch habe«, flüsterte sie mit von Schmerz erstickter Stimme.

Barankowitsch, der die Bestattung von seinem Fenster aus verfolgte, schickte einen Soldaten zu Anna mit dem Auftrag, dass er sie in seinem Büro erwartete. Erst nach Petkas langem Zureden, gegenüber Barankowitsch keine Schwäche zu zeigen und ihn nicht zu ignorieren, war sie bereit, diesen aufzusuchen. Widerwillig betrat Anna das Herrenzimmer ihres Vaters, das Barankowitsch zu seiner Befehlszentrale eingerichtet hatte. Bei ihrem Anblick regten sich bei ihm zum ersten Mal Anzeichen von menschlichen Gefühlen und Verständnis. »Setz dich, Anna, ich möchte mit dir sprechen!« Ängstlich und zurückhaltend nahm Anna Platz.

»Auch ich bin ein Mensch, und ich will dir etwas anvertrauen.« Barankowitsch versuchte, die richtigen Worte zu finden:

»Ich weiß, Anna, es ist schwer für dich, dass du deine Mutter verloren hast. Eine Mutter ist wichtiger als alles andere auf der Welt. Sie gibt uns unser Leben, wofür sie große Schmerzen erleidet. Siehst du, das ist einer der Gründe, warum ich die Bourgeoisie hasse. Sie haben meine Mutter wie eine Sklavin behandelt und zu schwerer Arbeit gezwungen, bis sie zusammenbrach und starb. Meine Schwester war erst sechzehn Jahre alt, als sie von den Söhnen des Gutsherrn vergewaltigt wurde. Man drohte ihr, sie zu erwürgen, sollte sie jemals darüber sprechen!« Anna fühlte sich von Barankowitschs Worten herausgefordert. Sie war nicht mehr bereit, ihre eigene Meinung zurückzuhalten, mutig verteidigte sie ihre Mutter: »Vielleicht gab es solche Gutsherren und Herrschaften, die ihre Dienstboten schrecklich behandelten, aber niemals meine Mutter. Sie war eine gütige Frau. Zu ihren Bediensteten war sie wie eine Mutter. Wenn ihr nur ein wenig Gnade gezeigt hättet, würde sie jetzt noch leben. Stattdessen habt ihr sie wie einen Hund behandelt!« Anna brach in Tränen aus: »Ist das die neue Ordnung, mit der ihr die Welt besser machen wollt? Die neue Freiheit und Gerechtigkeit, die du mir bieten willst? Es ist doch nur das Gefühl der Rache, das euch alle beherrscht! Ihr macht doch mit uns das Gleiche, was die verkommenen Gutsherren getan haben, wie du behauptest ... Meine Mutter habt ihr bereits umgebracht, wann werdet ihr mich endlich töten?« Barankowitsch wurde es unbehaglich zu Mute. Er war aufgestanden und ging nachdenklich im Raum auf und ab. Versöhnlich legte er seine Hände auf Annas Schultern: »Beruhige dich, Anna, der Tod deiner Mutter hat dich verbittert und dich vor der neuen Wirklichkeit blind gemacht. Höre mir jetzt gut zu, Anna. In zwei Tagen unternehmen wir einen Angriff auf die Deutschen, die sich im Wald unten verkrochen haben. Wir werden sie alle aufhängen, als Warnung für die Rebellen und Monarchisten. Niemand wird die Revolution der Arbeiterklasse noch aufhalten können, die ganze Welt wird es erfahren!« In aufrechter Haltung, ganz wieder der fanatische rote Funktionär, offenbarte er Anna: »Sobald wir nach unserem Sieg über die Deutschen zurückkehren, werde ich nach Moskau gehen und dem Zentralkomitee beitreten ... Ich werde dich mitnehmen, Anna. Du musst hier nicht alleine zurückbleiben.

Aber vorher werde ich noch diesen Heinrich Bredow höchst persönlich am Baum aufhängen für das, was er uns angetan hat ... Geh jetzt auf dein Zimmer, Anna, ruh dich aus und vergiss die Vergangenheit! Denke an die glorreiche Zukunft, die vor dir liegt!«

Annas Plan

Wie in Trance verließ Anna Barankowitsch. Kaum hatte sie ihr Zimmer betreten, warf sie sich auf Florentines leeres Bett und weinte bitterlich. Doch plötzlich richtete sie sich ernüchtert auf und ihr schoss eine Idee durch den Kopf. Ihr geheimer Treffpunkt mit Petka war seine Schlafkammer im Pferdestall, wohin sie immer flüchtete, wenn sie ihn sprechen wollte. Und so geschah es auch dieses Mal. In allen Einzelheiten berichtete sie Petka über ihre Unterredung mit Barankowitsch und seinen geplanten Angriff auf die deutsche Waldstellung in zwei Tagen. Petka reagierte besorgt, er hatte bereits davon gehört, die Soldaten sprachen darüber!

»Petka«, sagte Anna entschlossen, »ich habe darüber nachgedacht, wie ich Heinrich Bredow warnen könnte. Aber wir haben keine Zeit mehr zu verlieren, es muss sofort geschehen!« »Um Gottes Willen, Anna, das Risiko ist viel zu groß. Die werden dich aufhängen, wenn sie dich erwischen. Du weißt doch, wie gnadenlos die sind«, antwortete Petka bestürzt. Er wusste, was in Anna vorging. Er hatte ihren Nerv berührt. Vor lauter Unentschlossenheit verzerrte sich sein Gesicht, er suchte verzweifelt nach einer Lösung. Flehend redete Anna auf Petka ein: »Wenn du mir heute Nacht ein schnelles Pferd sattelst, kann ich zur Waldstellung der Deutschen reiten und vor der Morgendämmerung wieder zurück sein, ohne dass es jemand bemerken würde. Wir müssen etwas tun, Petka. Barankowitsch will mich nach Moskau mitnehmen, und du glaubst doch nicht, dass die dich am Leben lassen, wenn sie den Hügel räumen. Denk an Joschka und die anderen, die sie umgebracht haben!« Petka wusste, dass Anna Recht hatte. »Gut, ich werde mir einen Plan überlegen ... Du musst mir aber versprechen, sehr vorsichtig zu sein!«

»Du kannst dich darauf verlassen, Petka. Nach Einbruch der Dunkelheit bin ich bei dir!« Erleichtert kehrte Anna in ihr Zimmer zurück.

Am gleichen Abend schlenderte Barankowitsch gut gelaunt zum Campfeuer, wo die Soldaten bereits ihren Sieg über die Deutschen feierten. Vorsichtig schlich Anna in die Bibliothek zum Schreibtisch, auf dem der Angriffsplan auf das Waldlager der Deutschen sichtbar ausgebreitet lag. Sie nahm den Plan an sich, versteckte sich unter dem Schreibtisch, wo sie eine Kerze anzündete und eilig begann, die strategischen Punkte des Angriffsplanes abzuzeichnen; die eingerollte Kopie steckte sie in ihre Bluse. Plötzlich hörte sie Schritte! Schnell blies sie die Kerze aus, umklammerte fest ihr kleines, goldenes Kreuz und bewegte sich nicht. Zwei Wachsoldaten, die an der Tür stehen geblieben waren, setzten ihren Rundgang fort. Nachdem Anna den Originalplan wieder ordnungsgemäß auf dem Tisch ausgebreitet hatte, verließ sie geräuschlos das Haus und lief, mit einem dunklen Schal bedeckt, unbemerkt zu Petka. Dieser wartete bereits ungeduldig auf sie. Atemlos betrat Anna den Stall, wo Petka einige Uniformstücke mit einer Militärmütze vorbereitet hatte. »Du musst diese Sachen unbedingt anziehen. Niemand darf sehen, dass du eine Frau bist. Das gesattelte Pferd findest du unten im Gehölz, an einen Baum gebunden. Inzwischen werde ich die Wachposten ablenken, damit du ungestört den Hügel verlassen kannst. Und vergiss nicht, in welcher Richtung du den Fluss überqueren musst!« Fast feierlich nickte Anna Petka zu. Plötzlich hatte sie ein ungutes Gefühl, ihn alleine zurückzulassen. »Denke daran, du musst vor der Dämmerung wieder hier sein!«

Petkas Stimme wurde weich. »Ich werde auf dich warten. Bitte sei vorsichtig. Meine Gedanken werden dich begleiten!« Innerlich erregt, umarmte Anna ihren sichtlich bewegten Petka: »Danke, mein lieber Freund. Danke, für alles, was du für mich tust und getan hast!« Ihre aufkommende Traurigkeit bezwingend, versuchte sie stark und selbstsicher zu erscheinen: »Mach dir über mich keine Sorgen, Petka!

Denk darüber nach, wie wir von hier wegkommen, wenn Barankowitsch mit seiner Truppe den Hügel zum Angriff auf die Deutschen verlassen hat. Bevor er wieder zurückkommt, müssen wir von hier fort sein. Auf keinen Fall will ich mit ihm nach Moskau gehen ... Lieber sterbe ich vorher!« Verkleidet als roter Soldat, begab sich Anna vorsichtig zum Gehölz, wo sie Petkas nervös stampfendes, gesatteltes Pferd vorfand. Zärtlich blies sie in seine Nüstern, um es zu beruhigen, führte es außer Sichtweite der Wachposten, dann schwang sie sich in den Sattel und galoppierte davon.

Anna, seit ihrer frühesten Kindheit mit Pferden vertraut, war eine exzellente Reiterin. Sicher bewältigte sie alle Hindernisse und überquerte die unebenen Wiesen und Felder, die zum fernen Waldrand führten, wobei der hell erleuchtete Mond die Sicht sehr begünstigte; bald wurde er jedoch von dunklen Wolken verdeckt und die Kühle der Nacht verursachte über dem feuchten Wiesengrund das Aufkommen von Nebelschwaden, die begannen, die Sicht zu erschweren. Besorgt gab Anna dem Pferd die Sporen, sie musste um jeden Preis den Waldrand erreichen, doch der Nebel wurde dichter, Anna verlor die Orientierung. Auch ihr Pferd reagierte nervös und verweigerte die Führung. Verzweifelt stieg sie vom Pferd. Es gelang ihr, das verängstigte Tier mit Mühe an den Zügeln noch bis zum Waldrand zu ziehen und es an einen Baum zu binden. Im dichten Nebel gab es kein Zurück mehr. Sie konnte nur noch zu Fuß vorwärts durch den Wald irren, in der Hoffnung, die Stellung der Deutschen zu erreichen.

Im streng bewachten Waldstützpunkt der Deutschen herrschte tiefe Nachtruhe, die gelegentlich durch das Schnaufen und Scharren der sich frei bewegenden Pferde gestört wurde. Zwei bewaffnete Wachposten, die entlang des Stacheldraht-Schutzzaunes ihren Streifengang durchführten, hörten plötzlich verdächtige Geräusche von knackenden Zweigen. Langsam entsicherten sie ihre Gewehre.

Anna, die verzweifelt durch den Wald irrte, verlor immer wieder wegen der aufziehenden Nebelschwaden die Sicht und stolperte über einen Baumstumpf direkt in den getarnten Stacheldrahtzaun, den sie nicht erkennen konnte. In panischer Angst versuchte sie, sich zu befreien. Die überraschten Wachen vermuteten einen roten Spion oder Partisanen und eröffneten das Feuer ... Anna wurde mehrmals von ihren Kugeln getroffen und vor Schmerz laut aufschreiend blieb sie im Stacheldrahtzaun hängen. Die beiden herbei eilenden Wachen entdeckten Anna schwer verwundet im Stacheldraht hängend. Ihre vorher abgefeuerten Schüsse durchbrachen die Stille der Nacht mit einem weiten Echo und alarmierten die schlafenden Soldaten, die mit ihren Gewehren aus den Zelten zum Schutzwall eilten, wo sie Stellung bezogen.

Als Anna stöhnend unverständliche Laute von sich gab, hob einer der Soldaten sein Gewehr in der Absicht, sie zu töten. Sich aufbäumend, rief Anna mit von Schmerzen gezeichneter Stimme: »Rittmeister Heinrich Bredow!« Verwundert, den Namen ihres Kommandanten zu hören, hielt der Soldat inne und rief laut nach den Sanitätern.

Unverzüglich erschienen daraufhin zwei Sanitäter, die die schwer verwundete Frau auf eine Tragbahre legten und sie ins Sanitätszelt trugen. Heinrich Bredow wurde von den Schüssen aufgeschreckt und erkundigte sich per Feldtelefon beim Wachoffizier, was es mit der Schießerei auf sich hatte. »Unsere Wachposten haben auf einen Partisanen geschossen, Herr Rittmeister«, meldete der Wachoffizier.

»Ist er noch am Leben?«, fragte Bredow zurück. »Wir wissen es noch nicht. Die Sanitäter haben ihn ins Sanitätszelt getragen, Doktor Siebert wird sich um ihn kümmern!« »Bei Tagesanbruch will ich einen ausführlichen Bericht darüber«, antwortete Bredow, streckte sich wieder auf seiner Schlafmatte aus und löschte das kleine Licht in der Laterne aus.

Bewusstlos lag Anna auf dem einfachen, provisorischen Operationstisch im Sanitätszelt, zu dem Sanitätsarzt Doktor Siebert gerufen wurde. Missgelaunt über die nächtliche Störung, beugte er sich mürrisch über den vermeintlichen Partisanen. Er reinigte das von Blut überströmte Gesicht und entfernte die bis über die Augen gerutschte Militärkappe. Plötzlich hielt er inne, denn er starrte in das Gesicht eines schönen, jungen Mädchens, das ohnmächtig vor ihm lag. Er öffnete ihre Bluse, um die Schwere der Einschüsse zu untersuchen. Dabei fiel Annas Papierrolle zu Boden, die sie in der Bluse versteckt hatte. Überrascht betrachtete Doktor Siebert die Skizze mit den Aufzeichnungen und erkannte sofort die Wichtigkeit dieses Dokumentes.

Die Skizze zusammenrollend befahl er einem Sanitäter: »Bringen Sie das sofort zu Rittmeister Bredow, wecken Sie ihn auf, wenn es nötig ist!« Der nüchterne, eher arrogant wirkende Sanitätsarzt begann mit Hilfe seines jungen Assistenten, die Gewehrkugeln aus Annas Körper zu entfernen. Kopfschüttelnd durchschnitt er die Kette mit dem kleinen, goldenen Kreuz an ihrem blutverkrusteten Hals und überreichte es seinem Assistenten, der das Kreuz in seine Tasche steckte.

Inzwischen hatte Heinrich Bredow das Dokument des vermeintlichen Partisanen, das ihm überreicht wurde, gründlich studiert. Er konnte es kaum glauben. Hektisch griff er nach dem Feldtelefon, um Doktor Siebert anzurufen: »Doktor, ist der Partisan noch am Leben?« »Es ist eine Partisanin, Herr Rittmeister, eine junge Frau. Sie lebt noch, aber sie befindet sich in einem kritischen Zustand«, berichtete der Sanitätsarzt.

»Eine junge Frau, sagten Sie? Oh, mein Gott ...«, reagierte Bredow bestürzt, »versuchen Sie alles, um sie am Leben zu erhalten, Doktor! Ich komme sofort.«

Getrieben von einer unbestimmten Ahnung, eilte Heinrich Bredow zum Sanitätszelt. Seine Schritte verlangsamten sich, als er in das Zelt eintrat: Zögernd bewegte er sich auf den Operationstisch zu. Fassungslos starrte er auf Annas blasses, bewegungsloses Gesicht, ihre Augen waren geschlossen, aber sie atmete. Erschüttert beugte er sich über sie und versuchte sie anzusprechen: »Anna ... Anna ..., kannst du mich hören? Anna ... Anna ..., kannst du mich hören?« Ungläubig blickte Sanitätsarzt Siebert auf seinen Kommandanten. Annas Augen begannen unregelmäßig zu flackern und öffneten sich. Sie versuchte zu sprechen. Bredow beugte sich tiefer zu ihr hinab.

»Barankowitsch wird morgen früh angreifen ...«, stammelte die schwer Verletzte.

Mehr konnte Bredow nicht verstehen, sie war wieder in die Bewusstlosigkeit zurückgefallen. Tief bewegt von ihrer heroischen Tat, streichelte Bredow über Annas bleiche Wangen und blickte zu Doktor Siebert auf: »Wie sind die Chancen, dass sie überlebt, Doktor?« Doktor Siebert reagierte mit einem Achselzucken. »Praktisch keine, sie hat zu viel Blut verloren. Nur eine Bluttransfusion könnte sie vielleicht noch retten. Vielleicht ...« Dann fügte er zynisch hinzu: »Aber kein deutscher Soldat würde sein Blut für eine russische Partisanin hergeben!« Zornig herrschte Bredow seinen Sanitätsarzt an: »Sie ist keine Partisanin, Doktor. Sie ist ein Engel! Sie ist gekommen, um uns vor dem Angriff der Roten zu warnen. Sie hat ihr Leben riskiert, um unser Leben zu retten!« Daraufhin zog Heinrich Bredow schnell seinen Uniformrock aus, rollte energisch seinen rechten Hemdsärmel hoch und streckte seinen Arm Sanitätsarzt Siebert entgegen: »Hier, nehmen Sie mein Blut!« »Aber Herr Rittmeister, seien Sie nicht töricht, wenn das Blut nicht übereinstimmt, töten Sie das Mädchen. Es ist besser, sie stirbt einen normalen Tod. Ich werde ihr eine Spritze geben, damit sie nicht leidet!« »Um über die Blutgruppe nachzudenken, ist es jetzt zu spät. Ich will es auf jeden Fall versuchen!« »Das ist doch nicht Ihr Ernst, Herr Rittmeister? Warum wollen Sie Ihr Blut für dieses russische Mädchen opfern? Sie sind ein preußischer Offizier. Vergessen Sie das nicht!« Entschlossen ging Heinrich Bredow auf Doktor Siebert zu: »Das ist mein voller Ernst, Herr Sanitätsarzt! Sie scheinen nicht zu begreifen, was dieses Mädchen für uns getan hat! ... Nehmen Sie jetzt mein Blut. Das ist ein Befehl!« Widerstrebend bereitete Doktor Siebert die Bluttransfusion vor, während sein Assistent weiterhin Annas Wunden versorgte.

Als Bredows Blut langsam in Annas Vene floss, sah er gespannt in ihr Gesicht, in der Hoffnung, ein Anzeichen neuen Lebens in ihr zu erblicken. Für einen Moment öffneten sich Annas Augen und blickten auf den Schlauch, der ihre Arme miteinander vereinte. Sichtlich zufrieden über die geglückte Bluttransfusion, die Annas Leben rettete, versammelte Rittmeister Heinrich Bredow seine Offiziere und Unteroffiziere um sich. Er erteilte ihnen genaue Befehle zur sofortigen Räumung des Waldstützpunktes für einen geordneten Rückzug.

Petka konnte die ganze Nacht kein Auge schließen. Als Anna nach der Morgendämmerung noch immer nicht zurückgekehrt war, wurde ihm klar, dass ein Unglück geschehen sein musste. Er kannte Annas Zuverlässigkeit, denn sie wusste genau, welche fatalen Konsequenzen entstanden, sobald man ihre Abwesenheit vom Hügel entdecken würde. Mit Sicherheit würde Barankowitsch bei ihm nach Anna fragen. Während er darüber nachdachte, wie er reagieren sollte, fiel ihm mit Schrecken ein, dass Annas Kleider, die sie gewechselt hatte, in seiner Schlafkammer lagen. Er musste diese sofort verstecken. Noch gab er die Hoffnung nicht auf, dass sie bei Dunkelheit doch noch zurückkehren könnte. Seine Überlegung, heimlich ein Pferd zu satteln, um nach ihr zu suchen, schien ihm zu gefährlich.

Barankowitsch wartete zur gewohnten Stunde auf Anna, die ihm sein Frühstück zu servieren hatte. Als diese jedoch nicht erschien, rief er nach einem Soldaten, der nach ihr suchen sollte. Es verging über eine Stunde und weder Anna noch der Soldat erschien. Barankowitsch wurde ungeduldig und begab sich selbst auf die Suche, wobei ihm der beauftragte Soldat in die Arme lief. Völlig außer Atem berichtete dieser über die erfolglose Suche nach Anna. Barankowitsch konnte das nicht begreifen und befahl dem Soldaten ärgerlich: »Suche weiter! Irgendwo muss sie doch sein. Du musst sie finden!« Er selbst, inzwischen misstrauisch geworden, durchsuchte Annas Schlafzimmer. Ihr Bett war unbenutzt. Als er die Bibel von ihrem Nachttisch nahm, fiel ein Foto zu Boden. Es war ein Bild von Alexander Petrovka, in der Gala-Uniform des Zaren, mit seinen beiden Söhnen. Wütend warf er die Bibel mit dem Foto auf den Boden und verließ das Zimmer, um im Stall Petka zu befragen, den er beim Striegeln der Pferde antraf. Mit zynischem Grinsen höhnte Barankowitsch:

»Heute striegelst du russische Pferde, gestern waren es deutsche Pferde, und wessen Pferde wirst du morgen streicheln?« »Pferde sind Pferde, Genosse Kommissar«, antwortete Petka ausweichend. »Ist das auch deine Meinung über die Reiter?« Petka wusste, dass Barankowitsch ihn herausfordern wollte. »Als ich damals Deutsche auf russischen Pferden sitzen sah, hätte ich sie am liebsten aus dem Sattel geschossen, Genosse Kommissar!« Zweifelnd ging Barankowitsch auf die Zweideutigkeit seiner Antwort ein: »Gut, gut, Genosse Petrovitsch, ich werde dir die Gelegenheit geben, es mir zu beweisen.

Bist du in der Lage, mit deinem Holzstumpf zu reiten?« Petka witterte für sich eine Chance: »Ich habe die meiste Zeit meines Lebens auf Pferderücken verbracht, Genosse Kommissar, auch zwei Holzstümpfe würden mir nichts ausmachen!« Barankowitsch nahm Petka beim Wort: »Na gut, dann wähle dir ein schnelles Pferd aus, ich will, dass du an meiner Seite bist, wenn wir morgen früh die Deutschen angreifen!« Petka erschrak. Damit hatte er nicht gerechnet.

Barankowitsch war bereits zur Tür gegangen, als er sich noch einmal umdrehte:

»Weißt du, wo Anna steckt?«, fragte er scheinheilig. »Wir können Sie nirgends finden!« »Anna?«, fragte Petka erstaunt. »Nein, heute habe ich sie noch nicht gesehen. Warum, Genosse Kommissar?« Barankowitsch ging auf Petka zu und sah ihm lange in die Augen. Petka spürte sein Misstrauen. »Seit dem Tod ihrer Mutter war sie sehr deprimiert. Vielleicht ist sie nach unten zum Kloster gelaufen, um alleine zu sein. Sie wird bestimmt wiederkommen. Wohin sollte sie sonst schon gehen?« Verschlagen fragte Barankowitsch, ob sie ein Pferd geholt hätte.

Petka schüttelte den Kopf: »Nicht aus dem Stall, Genosse Kommissar, das wäre mir bestimmt nicht entgangen!« »Wenn du sie siehst, sage ihr, sie soll sich bereithalten. Ich habe Pläne für unsere Zukunft gemacht!« Teuflisch grinsend verließ Barankowitsch den Stall.

Die roten Truppen waren dabei, den Hügel zu verlassen, bereit zum Angriff auf die deutsche Stellung. Kommissar und Kommandant Andrei Barankowitsch erteilte seinen Leuten den letzten Befehl: »Genossen, vergesst nicht den Befehl des Tages. Keine Gefangenen! Jeder Überlebende wird aufgehängt!« Die kampfbereiten roten Reiter antworteten mit lauten »Hurra!-Hurra«-Rufen. Barankowitsch und sein Kader führten die Reitertruppe mit den schweren Haubitzen den Hügel hinunter, wo sie den Fluss in Richtung zum Waldstützpunkt der Deutschen überquerten. Petka ritt an der Seite von Barankowitsch, der ihn im Auge behielt. Er hoffte auf eine Gelegenheit zum Ausbruch. Trotz seiner Behinderung vertraute er auf seine Kraft sowie seine besseren Kenntnisse der Umgebung und des Geländes.

Plötzlich gab Barankowitsch das Zeichen zum Halt. Aus der Ferne, vom Waldrand, näherte sich im Galopp ein reiterloses, gesattelte Pferd. Laut wiehernd blieb es vor Petka stehen, vertraut mit dem rechten Huf stampfend. Petka erkannte Annas Pferd und wusste, dass er sich jetzt in großer Gefahr befand. Barankowitsch begriff sofort den Verrat. Sein Gesicht verzerrte sich. Rasend vor Zorn schlug er mit seiner Reitpeitsche Petka mehrmals ins Gesicht und schrie dabei: »Du dreckiger Lügner! Anna ist also ins Kloster gelaufen, um allein zu sein. Verkommene bourgeoise Verräter – ihr werdet euch nie ändern!« Er zog seine Pistole ... Petka reagierte schnell, sein Pferd bäumte sich auf. Der erste Schuss von Barankowitsch verfehlte Petka um Haaresbreite. Der nutzte diesen Vorteil, um seine behütete Pistole, die er von Heinrich Bredow kurz vor dessen Flucht vom Hügel empfangen hatte, aus seiner Jacke zu zerren.

Er zielte und drückte ab. Barankowitsch stürzte vom Pferd, während Petka wie ein Pfeil in Richtung Waldrand davongaloppierte. Mit letzter Kraft schrie Barankowitsch: »Lasst diesen Hund nicht entkommen ...!« Hunderte von Gewehrläufen zielten auf Petka. Das Echo der donnernden Salven dröhnte über das Feld bis hinunter zum Wald. Die Kugeln durchlöcherten Petka und sein Pferd, das in vollem Galopp zusammenbrach. Ein guter, treuer Mensch starb den Heldentod unter seinem Pferde. Der Holzstumpf seines verlorenen Beines ragte wie ein Symbol einer abgebrochenen Speerspitze in den blauen Morgenhimmel.

Sanitäter und Soldaten bemühten sich um ihren schwer verwundeten, auf dem Boden liegenden Kommandanten. Sein Zustand war bedenklich! Andrei Barankowitsch konnte seine Schwadron nicht mehr anführen. Er übergab deshalb das Kommando an seinen Adjudanten Dimitrie Kawaleski, dem er noch mit schwacher Stimme zuflüsterte: »Finde Anna, bringe sie zu mir ... lebend! ... Das ist mein letzter Befehl!«

Währenddessen herrschte im deutschen Heereslager im Wald hektische Aufbruchsstimmung: Zelte wurden abgebaut, Ausrüstungen, Geräte, Munitionskisten, Proviant und Wasservorräte in Planwagen verpackt. Die Bluttransfusion hatte Anna das Leben gerettet. Trotz Doktor Sieberts Bedenken war das Experiment gelungen.

Noch sehr schwach, von Mullbinden umwickelt, wurde Anna von den Deutschen nunmehr als Heldin in einen Rot-Kreuz-Panje-Wagen gehoben und mit Zeltbahnen zugedeckt. Sanitätsarzt Siebert setzte sich neben den Kutscher, während der junge Sanitätsarzt auf dem Pferd den Panjewagen begleitete. Bevor Rittmeister Bredow den Befehl zum Aufbruch erteilte, rief er den jungen Mediziner zu sich, um ihm Anweisungen für Anna zu geben: »Das russische Mädchen steht unter meinem persönlichen Schutz, geben Sie gut auf sie Acht. Wenn der Wald dichter wird, müsst ihr die Nebenwege benützen und immer in unserer Nähe bleiben!« »Zu Befehl, Herr Rittmeister, Sie können sich auf mich verlassen«, antwortete salutierend der junge Assistent.

Dimitrie Kawaleski, der das Kommando der roten Schwadron von Barankowitsch übernommen hatte, bereitete den Angriff auf die Waldstellung vor: Nachdem die schwere Artillerie in Stellung war, begann ein ohrenbetäubendes Bombardement, auf den von den Deutschen gerade geräumten Stützpunkt. Kommandant Dimitrie Kawaleski ließ das Feuer einstellen und gab den Befehl zum Sturmangriff. Erbittert mussten die roten Kavalleristen erfahren, dass sie zum zweiten Mal von den Deutschen genarrt worden waren. In ihrem Stolz verletzt, wollten sie diesmal die erniedrigende Niederlage nicht hinnehmen und nahmen unverzüglich die Verfolgung mit ihrer überlegenen Artillerie auf, um den Vorsprung einzuholen, noch bevor die flüchtigen Imperialisten den Wald wieder verlassen konnten. Heinrich Bredows Tross hatte große Mühe, mit den sperrigen Planwagen auf die andere Seite des zum Teil dichten Waldes durchzudringen. Ihre Flucht vor den Mörser- und Granateneinschlägen wurde immer gefährlicher. Der Rot-Kreuz-Panje-Wagen mit der schwer verwundeten Anna war wegen der schlechten Wegstrecke weit hinter dem deutschen Tross zurückgeblieben. Der Kutscher versuchte im Galopp auf einen Wiesengrund auszuweichen, um den nah eingeschlagenen Granaten zu entgehen. Dabei wurde der Panje-Wagen wie vom Blitz von einer schweren Haubitze seitwärts getroffen. Der Wagen hob sich in die Luft, schlug dann mit aller Wucht auf den Boden auf, brach auseinander und ging in Flammen auf. Der junge Sanitätsassistent, der früh genug gerade noch hinter den Bäumen Deckung fand, musste aus der Ferne mit Entsetzen die Explosion mit ansehen. Sofort eilte er zur brennenden Unfallstelle, in der Hoffnung noch Leben retten zu können, doch konnte er nur noch die verkohlten Überreste von Sanitätsarzt Siebert und dessen Kutscher erkennen. Jedoch keine Spur von Anna!

Heinrich Bredows Tross war der Ausbruch aus dem Wald ohne Verluste gelungen.

Eine unerwartet freudige Überraschung kam auf sie zu: Kampfbereite Truppen der versprengten, loyalen Weiß-Armee des Zaren, vom Bombardement der roten Verfolger alarmiert, erwarteten sie, um ihnen Schutz zu leisten. Es gab eine freudige Begrüßung, mit herzlicher Verbrüderung zwischen zwei verschiedenen, konservativen Armeen, deren Schicksal von der dynamischen Entwicklung einer neuen Zeit bereits besiegelt war.

Durch die Vereinigung der Deutschen mit der weißrussischen Armee gab es für die rote Schwadron keine Chance mehr für einen Sieg. Kommandant Dimitrie Kawaleski erteilte widerwillig den Befehl zum Rückzug. Heinrich Bredow inspizierte nach der erfolgreichen Flucht den Zustand seiner Truppe und erkundigte sich besorgt nach dem Fernbleiben des Rot-Kreuz-Wagens. Langsam trabte Doktor Sieberts Assistent auf den Tross zu. Als er vom Pferd stieg und auf Heinrich Bredow zuging, wusste dieser sofort, dass ein Unglück geschehen war. Mit verzweifeltem Gesichtsausdruck meldete der junge Sanitätsassistent das schreckliche Geschehen, bei dem es keine Überlebenden gab. Ungläubig starrte Heinrich Bredow in die Augen des jungen Mediziners: »Anna?«, stammelte er. Der junge Mediziner schüttelte den Kopf.

Niedergeschlagen und fassungslos ging Bredow davon. »Herr Rittmeister!«, rief der junge Assistent ihm nach. Als Heinrich Bredow sich umdrehte, nahm der Assistent das noch mit dem Blut Annas verschmierte Kreuz an der Kette aus seiner Tasche und reichte es Heinrich Bredow: »Herr Rittmeister, vielleicht möchten Sie es haben? Es gehörte dem russischen Mädchen!« In Bredows Gesicht zeigte sich ein Hoffnungsschimmer. »Woher haben Sie es?«, fragte Bredow erstaunt. »Doktor Siebert hatte es von ihrem Hals entfernt, als sie auf dem Operationstisch lag!« Heinrich Bredow nahm das Kreuz mit der Kette fest in seine Hand. »Wie heißen Sie?«, fragte er gerührt. »Werner Müller, Herr Rittmeister!« »Danke, Werner Müller.« In Gedanken verloren stieg Rittmeister Heinrich Bredow auf sein Pferd.

In einem kleinen, romantischen Kloster, von der Zaren-Armee als provisorisches Lazarett eingerichtet, wurden bereits Vorbereitungen getroffen, um die Übernahme des Lazarettes von den Bolschewisten zu organisieren. Dazu gehörte auch eine Liste mit Namen, Herkunft und Zustand der Patienten. Regungslos, in verschmutzte Mullbinden eingepackt, lag Anna aus Platzmangel isoliert in einem Nebenraum des Lazarettes, der normalerweise für verstorbene Patienten als Leichenkammer benutzt wurde. Eine Krankenschwester, die ein Namensschild mit »unbekannt« an Annas Bett befestigen wollte, blickte erstaunt in Annas Gesicht, deren Augen plötzlich geöffnet waren. »Wo bin ich?«, flüsterte Anna. Freundlich antwortete die ältere Krankenschwester: »Noch bist du auf der Erde. Der Doktor hatte dich aber schon aufgegeben!« »Was ist mit mir geschehen?«, fragte Anna verwirrt. »Du bist von einem russischen Kurier im hohen Gras, in der Nähe der Brandstelle, gefunden worden. Du warst ohne Bewusstsein, als er dich zu uns brachte. Mehr wissen wir auch nicht! Ich werde sofort Doktor Bulganin verständigen, dass du noch lebst!« Kurze Zeit später erschien die freundliche Krankenschwester mit Doktor Bulganin, ein sehr distinguierter Arzt aus der alten zaristischen Armee, der um die fünfzig Jahre alt war. Nachdem er Anna untersucht hatte, ihren Puls und Augen prüfte, sagte er lächelnd: »Sie können von Glück sagen, dass sie so ein junges, starkes Herz haben. Wie ist Ihr Name?« Anna versuchte den Kopf zu schütteln, die Bewegung bereitete ihr Schmerzen. Sie fiel in die Ohnmacht zurück. Doktor Bulganin war ein kluger, erfahrener Arzt. Er ahnte einen Zusammenhang zwischen Annas aristokratischem Gesicht und den Einschüssen in ihrem Körper. »Sie ist noch zu schwach, um uns Informationen geben zu können, ihr Kreislauf muss gestärkt werden. Wenn sie erwacht, geben Sie ihr leichte Nahrung ... und ... erwähnen Sie nichts im Krankenbericht von den Schusswunden!« Die Krankenschwester hatte verstanden.

Zweiter Teil

Berlin

November 1918

Der Erste Weltkrieg war zu Ende! Deutschland hatte den Krieg verloren. Geschlagene Truppen kehrten nach Berlin zurück. Der einstmalige siegesbewusste deutsche Kaiser Wilhelm der II. dankte ab und ging ins Exil nach Holland.

Er hinterließ Millionen von Toten ... Krüppel ... Not ... Elend ... und Chaos! Lenins blutige Revolution hatte das zaristische Reich endgültig beseitigt und begann Europa zu erschüttern ... Massen von zivilen Zuschauern bevölkerten die Prachtstraßen Berlins und lehnten sich aus den Fenstern der angrenzenden Gebäude, um die Heimkehr der müden, erschöpften Armee des Kaisers mitzuerleben: In der Bevölkerung herrschten unterschiedliche Meinungen über das Kriegsende. Frauen, Mütter und Kinder drängten durch die Menge zu den Marschkolonnen vor, in der vagen Hoffnung, ihre vermissten Männer, Väter oder Söhne zu entdecken. Mitleidsvoll weinende Menschen, stürmisch winkende Patrioten überhäuften die ausgezehrten Soldaten mit Blumen. Andere höhnten mit verächtlichen Sprüchen und bewarfen sie mit schmutzigen Abfällen: Radikalisten wehten mit roten Fahnen und Spruchbändern:

»Nieder mit den Imperialisten!«

»Die Zukunft gehört der Arbeiterklasse!«

»Die reaktionäre Front marschiert!«

»Genossen, vereint euch mit der Rot-Front-Reaktion!«

»Wir wollen unseren Kaiser Wilhelm wieder haben!«

»Nieder mit dem Kaiser ...«

»Es lebe unser geliebtes Vaterland!«

»Alle Deutschen müssen gegen den Erzfeind Frankreich zusammenhalten!«

»Hängt die Verräter, die unserer tapferen, siegreichen deutschen Armee den Dolch in den Rücken gestoßen haben!«

Ein jeder versuchte, den anderen zu übertönen. Ein wirres Geschrei hallte durch die Straßen. Die Berliner, Bürger einer stolzen Metropole, einmal Kulturzentrum Europas, standen vor dem Nachkriegsdisaster mit einer unvoraussehbaren Zukunft.

Heinrich Bredow in der Nachkriegszeit

Trotz äußerster Anstrengung, die zur Wiederbelebung der Wirtschaft, besonders zur Normalisierung der sozialen und politischen Umstrukturierung unternommen wurden, gab es mehr als zwei Millionen Arbeitslose. Das führte zur politischen Radikalisierung. Eine dubiose, neue Gesellschaftsschicht florierte. Viele wechselten ins »große Geschäft« der goldenen zwanziger Jahre: Spekulantentum, Kriminalität und Prostitution breiteten sich aus. Politische Gewalt, eskalierende Straßenschlachten und soziale Not paralysierten die Bevölkerung. Doch die blühende Unterhaltungsindustrie ließ manches vergessen und führte zur Verdrängung. Die Aufrechterhaltung der hierarchischen Verwaltungsstruktur, kleinbürgerliches Prinzipiendenken einer militanten Mentalität, ureigene Eigenschaften eines Volkes, das den Untertanengeist von Zucht und Ordnung förderte, bildeten die Grundlage für ein loyales, korrektes Beamtentum, bei dem Korruption und Untreue undenkbar waren. Diesem noch vorhandenen Rückgrat des preußischen Ordnungsprinzips war es zu verdanken, dass trotz chaotischer Zustände, anarchistischer Aktionen und des Zerfalls der Gesellschaft das Leben weiterging! Berlin war überflutet mit Nachtlokalen, Spielsalons und einer Unterwelt, die ihre Kontakte im verborgenen Rotlicht-Milieu pflegte. Anspruchsvolle Gäste besuchten die zahlreichen Tanzpavillions, Varietees, Kabaretts, exklusiven Restaurants mit »floorshows« und die berühmte Scala mit den attraktiven Scalaballett-Girls. Große Schau-Orchester zelebrierten den neuen Tanzhit »Charleston«. Der

Lebenshunger und der Überlebenswille trieb viele Berliner zum Tanz auf dem Vulkan! Der Vertrag von Versailles mit zum Teil entwürdigenden Auflagen hatte verheerende Konsequenzen für die junge Weimarer Republik unter dem sozialdemokratischen Reichspräsidenten Friedrich Ebert. Über 30 politische Minderheitsparteien verhinderten die Verabschiedung von Gesetzen, weil kein Mehrheitsbeschluss zustande kam. Inmitten des Überlebenskampfes einer großen Stadt gab es außergewöhnliche Männer und Frauen, die durch ihre Initiative, Tatkraft und Fantasie zu vorbildlichen Hoffnungsträgern für eine optimistische Zukunft wurden.

Heinrich Bredow gehörte zu einem der Pioniere, der sich als genialer Diplomingenieur am Wiederaufbau der Berliner Industrie beteiligte. Nach dem Zusammenbruch des deutschen Kaiserreiches und dem verlorenen Ersten Weltkrieg kehrte Heinrich Bredow nach Berlin zurück, wurde Zivilist und erlebte den totalen Umbruch einer entwurzelten Gesellschaft. Durch seine innovativen Ideen und technischen Fähigkeiten als studierter Diplomingenieur gelangte er, aufgrund der großen Nachfrage nach Spezialisten, an die Spitze eines ehemaligen Industrie-Maschinenbau-Konzerns. Obwohl die harten Auflagen des Versailler Vertrages eine starke Einschränkung der Produktionskapazität verlangten, wodurch die Lebensfähigkeit des Unternehmens gefährdet war, fand Heinrich Bredow durch seine Initiative legale Wege, um die Restriktionen zu umgehen und verhalf dadurch der Firma zum erfolgreichen wirtschaftlichen Aufschwung. Rat- und Hoffnungslosigkeit, die bei der alten Betriebsführung und Belegschaft zu Resignation geführt hatten, belebte er mit Optimismus und Zuversicht. In harter Tag- und Nachtarbeit entwickelte Heinrich Bredow einen Betriebssanierungsplan, der trotz anfänglicher Bedenken und Zweifel des Firmenvorstandes die Grundlage für den Erfolg des Unternehmens wurde. Die laut Versailler Vertrag als Rüstungsgüter eingestuften Produkte, Maschinen und Materialien, die beseitigt oder vernichtet werden mussten, wurden zweckentfremdet oder als Rohmaterial zur Herstellung von Haushaltsprodukten verwendet. Granathülsen und Stahlhelme wurden zu Metallbehältern und Kochtöpfen geformt. Gegen die Demontage und Zerstörung wertvoller Produktionsmaschinen hatte Bredow eine abenteuerliche Lösung mit fertigen Zeichnungen und Plänen ausgearbeitet, die er in seinem Vortrag dem versammelten Betriebsvorstand und Kollegen präsentierte: Als Beispiel nannte er den amerikanischen Industriellen Henry Ford, der mit seiner Erfindung des Fließbandes für die Massenproduktion von Automobilen die ganze Industrie revolutionierte. »Durch dieses System, meine Herren, konnte er die Produktionskosten drastisch senken. Und er war deshalb in der Lage, die Automobile um die Hälfte des bisherigen Preises zu verkaufen, wodurch sich mehr Menschen den Kauf eines Autos leisten konnten. Das war die Geburtsstunde des Weltmarktes für Automobile!« Einige von Bredows Kollegen begannen sich zu wundern, wie dieses eindrucksvolle Beispiel helfen sollte, ihren Maschinenpark vor der Zerstörung durch die alliierte Kontrollkommission zu retten. Aber Heinrich Bredows Vortrag war noch nicht beendet und er fuhr fort: »Jedes Fahrzeug hat vier Räder und diese Räder benötigen vier Reifen …

Hier, meine Herren, sind die Zeichnungen zur Umrüstung unserer Maschinen …

Pneumatische Pressen … Formen und Stanzmaschinen zur Verwendung für die Produktion von Gummireifen!« Kopfschüttelnd reagierte ungläubig ein Vorstandsmitglied auf Bredows Ausführungen: »Aber Herr Bredow«, sagte er belehrend, »seit die Franzosen unsere Kolonien konfisziert haben, besteht doch für uns keine Möglichkeit mehr zur Rohstoffbeschaffung von Kautschuk, um Gummireifen herzustellen.« Lächelnd antwortete Bredow: »Gebrauchen Sie Ihre Fantasie und denken Sie voraus. Die französische Armee hat damit begonnen, die Mobilität ihrer Streitkräfte mit Fahrzeugen auszurüsten. Wenn wir ihnen anbieten, ihren Bedarf an Gummireifen von unseren umgerüsteten Produktionsmaschinen zu decken …«, listig grinsend fügte Bredow hinzu, »und zu konkurrenzlosen Preisen … dann müssen sie uns auch die notwendigen Einfuhrlizenzen beschaffen, um den Kautschuk aus ihren afrikanischen Kolonien zu besorgen!« »Aber das ist doch unmöglich, Herr Bredow«, bemerkte zweifelnd der Produktionsleiter: »Das werden die doch niemals zulassen!« Heinrich Bredow spitzte seine Lippen: »Meine Herren, nichts ist unmöglich. Ich habe bereits nächste Woche diesbezüglich eine Besprechung mit dem französischen Wirtschaftsattaché, der sich an diesem Angebot sehr interessiert zeigte.« Die Gewinn bringende Sanierung des Industrie-Unternehmens aufgrund der Innovation, unternehmerische Maßnahmen sowie Neuorientierung auf dem Binnenmarkt, wurde für Heinrich Bredow ein durchschlagender Erfolg und machte ihn für das Unternehmen unersetzlich.

Auch innerbetrieblich war er sehr engagiert, pflegte einen menschlichen Kontakt zu den Angestellten und Arbeitern, für deren Sorgen er immer ein offenes Ohr hatte.

Seine unbestrittenen Fähigkeiten verschafften ihm Achtung und Respekt, wobei durch sein menschliches Verhalten ein gutes Betriebsklima herrschte: »Man mochte den ehemaligen Rittmeister Heinrich Bredow gut leiden!«

Der Aufsichtsrat der lukrativen Firma hatte Bredow ein substanziell hohes Einkommen mit allen Privilegien, wie sie dem Prestige seiner verantwortungsvollen Position entsprach, eingeräumt. Er konnte sich einen luxuriösen Lebensstandard leisten, mit einem schönen, großen Haus in Berlin-Grunewald, einer Hausdame, einem Koch, Chauffeur und Gärtner, die sein Leben in Ordnung hielten und seine Gäste bewirteten. Heinrich Bredow war stets der Letzte, der sein Büro verließ. Oft arbeitete er bis spät in die Nacht hinein, zum Leidwesen von Max, seinem getreuen Chauffeur: Max, ein Berliner Urgewächs mit goldenem Herzen und hellwachem tiefsinnigen Berliner Humor, war trotzdem sehr stolz auf seinen Chef. Er nützte jedoch geschickt dessen Beliebtheit und Autorität, um anderen Kollegen gegenüber seine Vertrauensstellung hervorzuheben.

Es war Freitagabend, als Bredow wie gewöhnlich zu später Stunde sein Büro verließ. Max, der sein Leben auf die Gewohnheiten seines Chefs eingestellt hatte, öffnete die hintere Tür der Limousine, in der Bredow mit einem entspannten Aufatmen Platz nahm. Als ob er diesmal eine andere Antwort hören wollte, fragte Max: »Fahren wir nach Hause, Herr Bredow?« »Ja, Max, danke …, aber fahren Sie durch die Innenstadt, ein bisschen Abwechslung kann nicht schaden!« Durch das Fenster seiner Limousine beobachtete Heinrich Bredow das glitzernde Nachtleben einer scheinbar sorglosen, glamourösen, im strahlenden Lichterglanz von der Wirklichkeit abgehobenen Großstadt. Fröhlich lachende Pärchen drängelten um Einlass in die überfüllten Nachtbars, Restaurants, Cafés und Kabaretts, die Damen in eleganten Roben. Oder andere wieder schlenderten ausgelassen über den exklusiven Kurfürstendamm zum Westend. »Die Berliner sind wirklich gesegnet, nichts kann ihren Humor und Optimismus erschüttern«, bemerkte Bredow nachdenklich.

Max nickte zustimmend: »Das ist die anregende ›Berliner Luft‹, Herr Bredow, die macht uns positiv und verdrängt die Sorgen.« Amüsiert in sich hineinsinnend, ergänzte Bredow: »Langsam wird es auch für mich Zeit, wie ein positiver Berliner zu leben!« Max fuhr die Limousine durch das offene, eiserne Gittertor auf den stolzen Besitz Bredows, vor das hell erleuchtete Hauptportal. Wilma, um die fünfzig, die resolute, aber gutherzige, Bredow treu ergebene Hausdame öffnete die Tür. Sie war bereits im Nachtgewand! Heinrich Bredow musste zunächst Wilmas vorwurfsvolle Litanei über sich ergehen lassen: »Es ist wieder nach Mitternacht, Herr Bredow, ich bin sehr böse mit Ihnen ... Drei Mal habe ich Ihr Abendessen aufwärmen lassen!«

Lachend versuchte Bredow sie zu beruhigen: »Schon gut ... schon gut, Wilma, vergib mir noch einmal. Ich verspreche, es wird nicht wieder vorkommen!« Wilma rollte verzweifelt mit den Augen: »Wie oft haben Sie das schon versprochen? Alles, woran Sie denken, ist Arbeit, Arbeit, Arbeit! Können Sie nicht mal ein wenig ausspannen und sich an den angenehmeren Seiten des Lebens erfreuen?« Scherzend streichelte Bredow über Wilmas Wangen, um sie aufzuheitern. Charmant fragte er sie: »Wann wirst du mich endlich heiraten?« Wilma reagierte entrüstet: »Aber Herr Bredow, machen Sie sich nicht lustig über eine alte Krähe wie mich. Sie sollten endlich die richtige Frau finden und eine Familie gründen. Es würde Ihrem Leben einen Sinn geben. Wozu haben Sie sonst dieses schöne, große Haus?« Bredow schmunzelte und versicherte seiner Hausdame mit einem verschmitzten Lächeln, dass er ihren Rat befolgen würde.

Berlin - Stettiner Bahnhof

Langsam fuhr der nicht enden wollende Fernzug aus dem Osten in die Endstation des Bahnhofes ein. Scharen von Fahrgästen drängten aus den aufgestoßenen Türen.

Die meisten von ihnen waren Flüchtlinge, die von der langen Reise aus Warschau müde und abgespannt wirkten. Armselig bekleidet, mit spärlichem Gepäck, suchten ihre neugierigen, hoffnungsvollen Blicke nach Orientierung. Eine junge Frau, im einfachen dunklen Mantel, nur mit einem kleinen Pappkoffer in der Hand, bahnte sich den Weg durch die Menge zum Bahnhofsausgang, eingehüllt im ausströmenden Dampf der Lokomotive. In ihrem von einer Narbe gekennzeichneten, schönen Gesicht lag ein Glanz, der eine mystische Faszination ausstrahlte. Ein buntes Kopftuch bedeckte ihr volles, schwarzes Haar. Anna Petrovka war, nach einer langen Odyssee, in Berlin angekommen! Das ertragene Leid hatte sie zu einer reifen, eindrucksvollen Persönlichkeit geformt, die sich vom Rest der Menge sofort unterschied. Eine schöne, junge Frau stand nun isoliert und verloren mitten im ohrenbetäubenden Verkehrslärm am Bahnhofsplatz, zwischen quietschenden Straßenbahnen, Doppeldeckerbussen, Taxen und Pferdefuhrwerken von Bollermilch-Lieferwagen. Schutzpolizisten, in blau-roten Uniformen mit Pickelhauben auf dem Kopf und Kaiser-Wilhelm-Schnurrbärten, paradierten auf den Straßen oder ordneten den Verkehr. Entschlossen ging Anna auf ein bescheidenes Gebäude mit der Aufschrift »Rotkreuz Mission« zu. Nach all den Abgründen von Entbehrungen, Not und Gewalt, die

Anna Petrovka in den letzten Jahren hatte durchleiden müssen, gab es kaum noch eine Enttäuschung, die sie erschüttern konnte. Getragen vom festen Willen zu überleben und der Hoffnung, dem einzigen Menschen wieder zu begegnen, der in ihren Träumen noch fortlebte, betrat sie die »Rotkreuz Mission«.

In dem einfach ausgestatteten Raum, auf Holzbänken, an langen Tischen sitzend, drängten sich Not leidende, hungernde Menschen jeden Alters. Andere warteten geduldig, in einer langen Schlange stehend, mit zum Teil verbeulten Töpfen und Kannen auf eine begehrte, warme Erbsensuppe mit einem Stück Brot.

Einige von ihnen verließen den Raum, um die gefüllten Blechkannen nach Hause zu tragen. Anna wartete auf eine günstige Gelegenheit, um die Missionsleiterin anzusprechen, eine sympathische Frau um die sechzig Jahre, in grauweißer Rotkreuz-Kleidung. Diese war damit beschäftigt, den jüngeren Schwestern Anweisungen zu erteilen. Sie half dabei, einen schweren Suppenkübel aus der Küche zu tragen und diesen auf dem Bedienungstisch abzustellen. Dabei fiel ihr Blick auf Anna, die sich nicht wie die anderen in die Warteschleife eingereiht hatte. »Mein Name ist Schwester Martha«, sagte die Missionsleiterin freundlich, als sie auf Anna zuging: »Kann ich etwas für Sie tun?« »Ich heiße Anna Katasonowa, ich bin Russin und eben aus Warschau eingetroffen. Ich kenne niemanden in Berlin. Ich weiß nicht, wohin ich gehen soll, ich habe wenig Geld und suche eine Arbeit ... Können Sie mir helfen?« Schwester Martha reagierte zunächst überrascht. Ungläubig ruhte ihr durchdringender Blick auf Anna. Ratlos bemerkte sie: »Oh, meine Liebe, haben Sie eine Ahnung, wie viele Menschen in dieser Stadt eine Arbeit und eine Unterkunft suchen? Haben Sie gar keine Verwandten oder Bekannten?« Anna schüttelte den Kopf:

»Von meiner Familie lebt niemand mehr. Ich bin die einzige Überlebende. Ich suche nach einem alten Freund. Aber ich kenne nur seinen Namen –, wo er lebt, weiß ich nicht!« »Ich wünschte wirklich, ich könnte Ihnen helfen«, sagte Schwester Martha mit echter Teilnahme, »aber die Betten in der Mission sind alle überbelegt, drei Menschen teilen sich schon ein einziges Bett.« Anna gab noch nicht auf:

»Ich kann jede Arbeit machen. Vielleicht könnte ich in der Küche schlafen?«

Martha schaute auf Annas Narbe im Gesicht: »Waren Sie verwundet?«

Nur zögernd antwortete Anna: »Ja, während des Krieges!« Schwester Marthas Sympathien gegenüber Anna waren offensichtlich. »Wissen Sie, Anna«, sagte sie mit einem warmen Lächeln, »Sie könnten meine Tochter sein.« Nach einer kleinen Pause fügte sie wehmütig hinzu: »Ich habe meinen Mann und zwei Söhne im Krieg verloren!« Beide Frauen schauten sich verstehend in die Augen. Schwester Martha blickte auf den kleinen Pappkoffer auf dem Boden: »Ist das alles, was Sie haben?«

Verschämt nickte Anna. »Weißt du was«, sagte Schwester Martha plötzlich entschlossen, »du kannst eine Zeit bei mir wohnen und mit in der Küche helfen, dann werden wir weiter sehen!« Spontan warf Anna ihre Arme um Martha: »Danke, Schwester Martha, Sie sind eine gute Frau, so wie es meine Mutter war!«

YAR

Heinrich Bredow hatte endlich einmal sein Versprechen eingehalten und war pünktlich zum Abendessen erschienen. Nach dem Mahl zog er sich in sein Herrenzimmer zurück, wählte aus seiner Hausbar eine besondere Flasche französischen Rotwein alten Jahrgangs und kurbelte das Grammophon auf. Nachdem er seinen Lieblingswein in einen geschliffenen Kristall-Gobelet gefüllt hatte, ließ er sich in einen bequemen Plüschsessel fallen. Mit geschlossenen Augen, verloren in Erinnerungen, lauschte er entspannt bei Kerzenlicht der russischen Chormusik von Serge Jarrow. Als ob er einen wichtigen Entschluss gefasst hätte, erhob er sich und ging in den Ankleideraum nebenan. Auf dem Weg dorthin blieb er, wie von einer Eingebung befallen, plötzlich vor dem barocken Sekretär stehen, öffnete die Schublade und entnahm eine kleine Schatulle, aus der er liebevoll die Kette mit dem goldenen Kreuz in seine Hand nahm. Es war das Kreuz, das einmal Anna gehört hatte ... Der junge Assistent von Sanitätsarzt Siebert, Werner Müller, hatte es ihm bei der Flucht aus dem Waldstück nach dem vermeintlichen, tragischen Tod von Anna überreicht ... Heinrich Bredow küsste das Kreuz und legte es behutsam in die Schatulle zurück.

Wilma klopfte an der Tür, um zu fragen, ob der Herr noch Wünsche habe, bevor sie sich zur Nachtruhe zurückziehe. »Komm nur herein, Wilma«, rief Bredow gut gelaunt. Als Wilma ins Herrenzimmer eintrat, blieb ihr vor Überraschung der Mund offen. Im eleganten

Abendanzug, mit einer Rose am Revers, kam Heinrich Bredow auf sie zu und gab ihr schmunzelnd einen Klaps auf die Wange. »Ich habe über deinen Rat, auch die angenehmen Seiten des Lebens zu genießen, nachgedacht ... Ich gehe heute aus!« »Aber Herr«, stammelte sie mit weit geöffneten Augen dann fast protestierend, »es ist doch schon fast Mitternacht!« »Es ist Samstagabend, Wilma, und ich habe das YAR-Restaurant seit ewigen Zeiten nicht mehr besucht.«

Das ehemalige, exklusive, russische YAR-Casino-Restaurant war nach dem Krieg in alter Tradition wiedereröffnet worden. Neben dem Casino und Nachtbarbetrieb, mit original russischer Küche, Kosaken-Orchester, kostümierter Bedienung, war es auch ein beliebter Treffpunkt von russischen Emigranten, besonders aus der altrussischen Aristokratie. Vor dem geschlossenen Eingang drängten sich junge, auffallend gekleidete Mädchen und mehr oder weniger dubiose Damen, in der Hoffnung von spendablen, einzelnen Freiern als Begleitung auserwählt zu werden. Der energische Türvorsteher achtete strikt darauf, dass keine Damen ohne Begleitung das Casino betraten.

Aus der Ferne beobachtete Anna den Eingang des YAR. Vielleicht würde ein Wunder geschehen und Heinrich Bredow plötzlich erscheinen. Sie wusste, dass man sie wegen ihrer schäbigen Kleidung sofort vom Eingang vertrieben hätte. Jedes Mal, wenn gut gekleidete Herren aus einem vorfahrenden Taxi stiegen, kreischten die Mädchen laut auf, umzingelten die neugierig, wählerisch um sich blickenden Herren und priesen mit anzüglichen Gesten ihre Begleitung an. Viele Stunden hatte Anna auf ihrem Posten ausgeharrt, entmutigt gab sie auf. Niedergeschlagen bestieg sie die nächste Straßenbahn, nicht ahnend, dass sie das erhoffte Wunder verpassen sollte, als ein Taxi vor dem Eingang des YAR hielt und ein eleganter Herr ausstieg. Es war Heinrich Bredow.

Anna und Martha wurden gute Freundinnen. Es war Sonntagmorgen, Martha hatte den Frühstückstisch gedeckt und mit frischen Blumen dekoriert. Anna war schweigsam und sah sehr deprimiert aus. »Kopf hoch, Anna, du brauchst nicht traurig zu sein«, sagte Martha ermunternd. »Ich habe eine gute Nachricht für dich!« »Gute Nachricht? Oh, Martha, ich habe lange vergessen, was eine gute Nachricht ist!« »Ich habe für dich eine Anstellung gefunden, wo du etwas Geld verdienen kannst!« Anna wollte es nicht glauben. Ihre Hoffnung und optimistische Erwartung, in Berlin eine neue Zukunft zu finden, wich immer mehr dem Zweifel, ob ihre Entscheidung, nach Berlin zu flüchten, richtig gewesen war. Marthas menschliche Teilnahme an ihrem Schicksal hatte sie zunächst zuversichtlich gestimmt. Die freie Kost und Wohnung, die sie von Martha erhielt, konnte sie durch harte Arbeit in der Mission entschädigen. Außer einem gelegentlichen Taschengeld war die Mission jedoch nicht in der Lage, ihr einen festen Lohn zu bezahlen. »Es ist in einer kleinen Fabrik, die künstliche Blumen herstellt«, ergänzte Martha. »Den Inhaber kenne ich persönlich, er ist ein sehr verständnisvoller Mann, ich habe ihm von dir erzählt und gleich für morgen früh in seinem Büro einen Termin vereinbart. Er ist bereit, dich anzustellen. Ich zeichne dir genau auf, wie du dort hinkommst. Die Straßenbahnhaltestelle ist ganz in der Nähe der Fabrik, nur musst du vorher einmal umsteigen!«

»Oh, Martha, das ist eine gute Nachricht, die erste gute Nachricht nach langer Zeit. Ich danke dir. Jeden Pfennig werde ich sparen, um mir ein schönes Kleid kaufen zu können. Dann kann auch ich, wie die anderen Mädchen, direkt vor der Tür am YAR warten!« »Glaubst du wirklich noch daran, deinen Heinrich dort zu finden, Anna?«, bemerkte Martha zweifelnd. Sie wollte ihre Illusion nicht zerstören, es war Annas einzige Hoffnung, an die sie sich klammerte. »Ach, Martha«, erwiderte Anna nachdenklich, »es ist der einzige Ort, den ich wüsste, wo ich ihn finden könnte. Wenn er noch lebt!«

Wie gewöhnlich fuhr Max Heinrich Bredow am Morgen in sein Büro, wobei er verkehrsreiche Straßen und Kreuzungen passieren musste. Im Fond der Limousine studierte Bredow aufmerksam die Morgenzeitungen, ohne sich vom üblichen Großstadtlärm irritieren zu lassen. An einer Haltestelle stieg Anna aus der Straßenbahn und versuchte schnell die Straße zu überqueren, als ein Verkehrspolizist gleichzeitig das Zeichen zur freien Fahrt für die wartenden Fahrzeuge gab.

Durch die plötzliche Vollbremsung von Max wurde Heinrich Bredow unsanft nach vorne geworfen: »Was ist los mit Ihnen, Max?«, rief er verärgert, seinen verlorenen Hut aufhebend. »Es tut mir Leid, Herr, ein verrücktes Weib wäre fast in den Wagen gelaufen.« »Gott sei Dank haben Sie die Verrückte nicht angefahren, das hätte uns gerade noch gefehlt!« Max lenkte den Wagen weiter über die Kreuzung, während Bredow hinter seiner Zeitung versuchte, den Vorfall zu vergessen. Unbeweglich vor Schreck stand Anna auf der anderen Straßenseite und schaute wie durchbohrt der entschwindenden Limousine nach.

Berlin war wie ein brodelnder Vulkan. Radikale politische Veränderungen kündigten den Anfang einer neuen Zeit und ein neues Reich an, dem Heinrich Bredow mit Sorge entgegensah. Seine erfolgreiche Tätigkeit befriedigte zwar seinen Ehrgeiz und verschaffte ihm eine gesellschaftliche Anerkennung. Aber sein Leben blieb unerfüllt, obwohl er mehr Geselligkeit mit Freunden pflegte, wozu eine Loge im YAR-Etablissement jeden Samstagabend für ihn und seine Gäste reserviert blieb.

Bereits seit über drei Monaten arbeitete Anna ohne Unterbrechung in der Fabrik. Es war zwar keine schwere Arbeit, aber die Ausdünstung der chemischen Substanz, mit der sie die künstlichen Blumen und Pflanzen besprühte, drangen trotz Mundschutz in ihre Lungen ein. Dadurch erlitt sie oft Erstickungsanfälle, die vom Betriebsarzt mit Sauerstoff-Inhalationen behandelt wurden. Der freundliche Inhaber und ihre Arbeitskolleginnen waren sehr hilfsbereit und gaben ihr Mut, die verschmutzte Luft in der Fabrik zu ertragen. Ihren kargen Wochenlohn hütete Anna in der Spardose, wobei das wachsende Guthaben am Monatsende der einzige Lichtblick in ihrem tristen Dasein bedeutete. Zwischendurch verglich sie die

Preise für Sonderangebote in den Modegeschäften und machte sich Notizen für ihre Buchhaltung.

Es war wieder einmal ein Samstagabend, der für Anna die Wende ihres schweren Schicksals bedeuten sollte. Als sie sich von Martha verabschieden wollte, brach diese in Tränen aus. Vor ihr stand diesmal »Anna Petrovka« als perfekte aristokratische Lady aus St. Petersburg. Sie trug ein elegantes, maßgeschneidertes Abendkleid, das ihre schlanke Taille betonte. Die vollen, auffrisierten Haare hatte sie mit einer Schleife nach hinten gebunden. Sie war wirklich eine Augenweide. Martha war fassungslos, sie glaubte, eine Märchenfee vor sich zu haben. Resolut, wie in alten Zeiten, sagte sie selbstbewusst: »Nun werden wir sehen, ob der Herr Türvorsteher und die anderen Mädchen mich vor dem YAR vertreiben werden!«

Anna bestieg in der Nähe des YAR ein Taxi und ließ sich vor dem Eingang absetzen. Selbst der Taxifahrer war beeindruckt und öffnete ihr die Wagentür. Als erfahrener Menschenkenner erkannte der Türvorsteher sofort Annas edle Herkunft und wies ihr, unter Protest der wartenden Mädchen, einen Platz neben sich vor dem Eingang zu. Ein korpulenter, transpirierender Gentleman im kurzen Frack und Zylinder in weißen Gamaschen, seinen wertvollen Elfenbeinstock schwingend, näherte sich dem Eingang. Im YAR war er als großzügiger Freier wohl bekannt, was besonders die Damen zu schätzen wussten. Mit dem Monokel spielend, kritisch auf der Suche nach einem neuen Gesicht unter den Kokotten, konzentrierte sich sein Blick mit den feuchten, roten Wangen auf Anna. Mit dem Elfenbeinstock mit dem Silberknopf zielte er eindeutig auf Anna, seine erste Wahl. Diese war entsetzt, als Amüsier-Objekt betrachtet zu werden. Doch der Türvorsteher war bemüht, seine Klientel zufrieden zu stellen und ließ ihr deshalb keine Alternative. Energisch stieß er die ihn bedrängenden Mädchen zur Seite, öffnete respektvoll die Eingangstür für den korpulenten Gentleman und seine neue Begleiterin Anna.

Das bis zum letzten Platz gefüllte Restaurant mit distinguierten Gästen, aber auch dubiosen, zahlungskräftigen Typen, glich einem bunten Basar. Menschen bewegten sich hin und her, begrüßten sich gegenseitig an den Tischen oder drängten zum kleinen Tanzparkett. Ein russisches Balalaika-Ensemble in authentischen Kostümen unterhielt die sich amüsierenden, alkoholisierten Gäste mit beliebten, russischen Volksliedern. Überwältigt und erschrocken zugleich starrte Anna auf das laute und gemischte Publikum. Geistesabwesend folgte sie dem dicken, schwitzenden Gentleman, der jovial nach allen Seiten grüßend, behäbig durch die Tischreihen manövrierte. Endlich konnte er einen vertrauten Oberkellner mit einem größeren Schein dazu bewegen, für ihn einen Tisch zu arrangieren.

In Begleitung eines Freundes mit zwei modisch gekleideten Damen stieg Heinrich Bredow aus seiner Limousine aus, die Max vor dem YAR vorgefahren hatte. Bewundert von den neugierigen Mädchen, betrat Heinrich das YAR mit seinen Gästen. Er wurde respektvoll vom Türvorsteher begrüßt. Vom reservierten Galerie-Ecktisch aus genossen Heinrichs Gäste einen umfassenden Überblick auf das bunte Treiben im Parkett und die musikalischen Tanzeinlagen des Balalaika-Orchesters. Während Heinrich Bredow die Wein- und Champagnerliste überflog, amüsierten sich die Damen über besonders auffallende Typen im Publikum: »Schau mal, wer da ist …«, lachte amüsiert eine Dame an Heinrichs Tisch und zeigte auf den korpulenten Gentleman, der immer noch mit dem Geschäftsführer um einen Tisch verhandelte. »Oh, nein«, reagierte die andere Dame, laut auflachend, »das ist ja Hupsi, der große Spender, wen hat er denn diesmal als sein Opfer auserwählt?«

Vollkommen hingerissen von der Vorführung der russischen Tänzer wartete Anna geduldig auf einen Platz. Nachdem Heinrich den Champagner bestellt hatte, blickte er hinunter ins Parkett, um zu sehen, über wen sich die Damen so amüsierten. Dabei fiel sein Blick auf die außergewöhnliche Begleitung des originellen Gentleman. Er konnte nicht glauben, was er sah. Verwirrt stand er auf und entschuldigte sich bei seinen Freunden. »Ich komme gleich wieder.« Er wollte Gewissheit haben, ob das, was er gerade gesehen hatte, keine Fatamorgana war. Heinrich lief die Treppe zum Parkett hinunter und drängelte sich durch die Menge, die seinen Weg versperrte, bis er die Frau, die ihm den Rücken zukehrte, erreicht hatte. Er fasste sie bei den Schultern und drehte sie zu sich. Ihre schönen, unvergleichlichen grünen Augen gaben ihm die letzte Gewissheit: »Anna!«, stammelte er. Erschrocken starrte Anna in Heinrichs Augen, ihr Gesicht wurde blutleer. Sie verlor das Bewusstsein und fiel in Heinrichs offene Arme, der sie durch die ungläubig gaffende Menge hinaus zu seiner Limousine trug.

Das unerklärliche Mysterium des Lebens offenbart sich am Schicksal jedes Einzelnen. Ein Mensch wird irgendwo, irgendwann als Erdling auf diesem fragilen Planeten mit dem Odem des ewigen Schöpfers geboren. Sein Leben vollzieht sich im Kreislauf der täglichen Geschehnisse, die er glaubt, selbst bestimmen zu können, ohne sich bewusst zu sein, dass sein Leben eine Bestimmung hat. Die Begegnung zweier Menschen auf der gleichen Lebensbahn, die sich zu einer Lebensgemeinschaft vereint und damit ein neues Schicksal im unsichtbaren Gewebe des Lebens auslöst, kann nur ein vorbestimmter Zufall sein.

Die wundersame Begegnung mit Anna viele Jahre nach dem Ersten Weltkrieg, der das Leben so radikal verändert hatte, erfüllte Heinrich Bredow mit tiefsinnigen Gedanken. Währenddessen beobachtete er das kaum vernehmbare Ein- und Ausatmen Annas nach ihrem Nervenschock, dem ein tiefer Schlaf folgte. Die Tür des Gästezimmers wurde leise geöffnet. Wilma brachte auf einem silbernen Tablett das Frühstück für Anna. Heinrich gab ihr ein Zeichen, es auf einem Nebentisch abzustellen. Durch den plötzlichen, nächtlichen Einbruch einer fremden Frau in Wilmas Leben wurde deren stabiles Dasein zunächst erschüttert. Sie ahnte, dass mit dieser Frau eine schicksalhafte Wende im Leben von Heinrich Bredow eingetreten war.

Heinrichs Leben zog an diesem vorüber – ein Leben, das mit jugendlichen Idealen voll Begeisterung begann, die in mörderischen Schlachten eines sinnlosen Krieges in Frankreich geopfert wurden. Wem hat's genützt, außer ein paar eitlen, pensionierten Generälen und Kriegsprofiteuren? Nie wieder Krieg? Es sind immer dieselben, die nach ihm rufen, weil sie Hass und Gewalt in sich tragen, dabei behaupten, dem Vaterland zu dienen. Annas Gesicht wurde unruhig. In einer Traumwelt erkannte sie Heinrich, der sich über sie beugte und ihren Namen rief: »Anna, Anna, kannst du mich hören?« Annas Lippen begannen sich zu bewegen: »Barankowitsch wird euch morgen früh angreifen«, flüsterte sie. Zärtlich berührte Heinrich ihre Lippen und Wangen. »Hab keine Angst Anna, es ist alles vorbei. Du bist in Sicherheit. Du bist bei mir!« Annas Augen öffneten sich, nur langsam begriff sie Heinrichs Gegenwart.

»Oh, lieber Gott, lass es kein Traum sein«, flüsterte sie. Leidenschaftlich küsste Heinrich Anna, immer wieder ihren Namen rufend: »Anna, Anna, es gibt keine Worte, dir zu sagen, was ich fühle.« »Du hast mein Leben mit deinem Blut gerettet«, stammelte Anna. »Und du hast dein Leben riskiert, um meines zu retten«, antwortete Heinrich liebevoll. »Nur der Gedanke, dich wiederzufinden, gab mir die Kraft zum Überleben ...« Sie fest in seinen Armen haltend beschwor Heinrich: »Anna, meine geliebte Anna, nichts wird uns jemals wieder voneinander trennen!«

Die nächsten Tage durchlebte Anna wie im Traum. Sie begriff nur langsam, dass ihr Abschied von St. Petersburg auch den Abschied von ihrer Jugend und einem Leben bedeutete, über das der dunkle Vorhang der Weltgeschichte gefallen war. Ihre letzten Jahre der Entwürdigung, Leid, Angst, der Verlust geliebter Menschen und der Absturz in die Verzweiflung der Einsamkeit waren für sie unerträglich geworden. Sie wollte nicht daran glauben, dass dies das Ende ihres jungen Lebens sein sollte.

Heinrich wusste, dass Anna viel Geduld und Verständnis benötigte, um sich selbst und ihr neues Leben aus dem »Feuer des Leids« wiederzufinden. Er konnte es kaum erwarten zu erfahren, wie ihr Leben, nachdem er damals den Hügel von Schirwinska hatte verlassen müssen, weitergegangen war. Aber er wollte ihr dabei Zeit lassen, diesen Teil ihres schweren Schicksals preiszugeben.

Vereint

An einem schönen Frühlingstag, während der Baumblüte, fuhr Heinrich mit ihr nach Werder zum Havelsee. Hand in Hand spazierten sie am Ufer entlang, unter bunt blühenden Kirschbäumen, mit der Silhouette Berlins im Hintergrund. Anna war gelöst wie in glücklichen Tagen ihrer Jugend. Behutsam lenkte Heinrich das Gespräch auf die Vergangenheit. Er wollte wissen, wie damals bei der Explosion des Sanitätswagens das Wunder geschehen konnte, dass sie am Leben blieb. Annas Gesicht wurde ernst. »Alles, woran ich mich erinnern kann, ist, dass ich im Armeehospital der Weißgardisten aufwachte, kurz bevor es von den Bolschewiki übernommen wurde. Niemand wusste, wer ich war; sie haben meinen Namen niemals erfahren. Ich hatte eine Amnesie vorgetäuscht, deswegen wurde ich in verschiedene Anstalten für Geisteskranke überführt.« Heinrich drückte fest Annas Hand. »Oh, Gott, was musst du durchgemacht haben, wie hast du das alles nur ertragen können?« »An der polnischen Grenze bin ich aus dem Asyl geflüchtet. Die Grenzpolizei hatte mich in ein Flüchtlingslager eingewiesen, dort habe ich Papiere mit einem neuen Namen erhalten. Offiziell heiße ich jetzt Anna Katasonowa, später wurde ich in ein Lager nach Warschau transferiert.« »Hast du noch etwas über deine Familie erfahren können?« Anna zögerte, ihre Augen füllten sich mit Tränen. »Ich konnte erfahren, dass mein Vater von den Bolschewiki getötet worden war und meine Brüder im Krieg vermisst sind. Unser Haus in St. Petersburg haben die Roten konfisziert. Meine Mutter Florentine ist, nachdem Barankowitsch wieder den Hügel besetzt hatte, gestorben ... Und Petka, die gute Seele, hat wahrscheinlich den Zorn von Barankowitsch nicht überlebt. Ich fühle mich deswegen sehr schuldig. Ich habe ihm viel zu verdanken!« Anna fühlte sich erleichtert, nach den Jahren der Isolation, in der sie ihre Identität hatte verleugnen müssen, über ihr Leben sprechen zu können. Ergriffen von ihrem Schicksal umarmte Heinrich die Frau, der er und viele seiner ehemaligen Kameraden sein Leben verdankte. »Du musst die Vergangenheit vergessen, Anna! ... Verdränge Barankowitsch aus deinem Gedächtnis! Wir haben uns nach all den schrecklichen Zeiten wiedergefunden. Weißt du, was das bedeutet, Anna? Die Prüfungen sind jetzt vorüber. Ich habe ein schönes Haus mit Dienstpersonal, einen treuen Chauffeur, Wilma, meine Hausdame, wird dich lieben. Ich habe eine hohe Position und ein gesichertes Einkommen in der Industrie. Wir werden gemeinsam eine glückliche Zukunft haben.«

Als ob der gnädige Himmel wieder gutmachen wollte, was er einem von Leid geprüften, unschuldigen Mädchen bisher vorenthalten hatte, lag Anna in Heinrichs Armen, der sie mit heißen Küssen bedeckte. Heinrich Bredow bemühte sich, alles zu tun, damit Anna das Trauma ihrer Vergangenheit überwinden konnte. Aus ihrer Verliebtheit, wobei Heinrich sie mit Berlins vielseitigen Unterhaltungsmöglichkeiten abzulenken versuchte, entwickelte sich eine tiefe, leidenschaftliche Liebe. Regelmäßige Theater-, Operetten- und Opernbesuche, intime Abende im Ciro-Nachtclub beim Kerzenschein, ihre ausgelassenen Versuche im Delphie-Palast mit dem großen Tanzorchester die ersten Charleston-Schritte zu lernen, eröffneten für Anna eine Welt, die sich von der Realität der Existenznot der Berliner Bevölkerung krass abhob.

Seine Leidenschaft für Pferde hatte Heinrich Bredow nicht aufgegeben, er wurde Mitglied im Reitklub von Grunewald und nahm oft an Turnieren teil. Bei ihrem ersten gemeinsamen Ausritt durch die romantische, grüne Waldlandschaft galoppierte Anna voll Begeisterung, wieder ein Pferd unter sich spürend, Heinrich voraus. Dieser hatte Mühe, ihr zu folgen, bis sie an einem verborgenen, waldigen Wiesengrund vom Pferd abstieg und sich erschöpft im hohen Gras ausstreckte. Als sich Heinrich zu ihr legte, bemerkte sie schwer atmend: »Das letzte Mal, als ich so schnell geritten bin, war zu dir ins Waldlager vom Landsitz in Schirwinska.« Liebevoll zog er Anna an sich und küsste sie zärtlich: »Du bist eine wunderschöne Frau, Anna … Ich liebe dich … Willst du meine Frau werden und die Mutter von mindestens zehn Kindern?« Mit seinen Lippen spielend, erwiderte sie zögernd:

»Lass mich nachdenken …, das bedeutet, dass du über zehn Jahre meinen dicken Bauch anschauen musst. Keinem Mann in der Welt würde es dabei nicht langweilig werden.« Scherzend und lachend vor Glück küssten sie sich leidenschaftlich, nichts schien den Beginn ihrer großen Liebe trüben zu können.

Sieben Jahre später

Heinrich Bredows Liebesheirat mit Anna Petrovka und seine steile Karriere in der Industrie verschafften ihnen viele Freunde. Sie waren in der Berliner Gesellschaft begehrte, gern gesehene Gäste, wobei Annas Charme und elegante Erscheinung bewundert, oft aber auch beneidet wurde. Sie blieb die geheimnisvolle »Russin«. Inzwischen waren sie eine glückliche Familie mit drei Söhnen: Ludwig, Peter und Mischa, dem jüngsten.

Sonntagmorgen, an ihrem siebten Hochzeitstag, besuchte die Familie Bredow die kleine, alte Pfarrkirche St. Lukas, in der Pfarrer Gregor Bonnhof, nun sechzig Jahre alt, ihre drei Söhne getauft hatte. Er war ein fürsorglicher Freund der Familie. Als ehemaliger Militärseelsorger im Ersten Weltkrieg bei den deutschen Truppen in Russland sprach er etwas Russisch. Anna schätzte ihn besonders als einen klugen, verständnisvollen Gesprächspartner, dem sie sich anvertrauen konnte. Nach der Morgenandacht versammelte sich die Kirchengemeinde auf dem Vorplatz in kleinen Gruppen zu persönlichen Gesprächen mit Pfarrer Bonnhof, wobei auch die Bredows respektvoll begrüßt wurden. Heinrich war gerade ausgiebig damit beschäftigt, seine drei Söhne, in adretten, weißblauen Matrosenanzügen, davon abzuhalten, die Bäume im Kirchpark zu besteigen. Pfarrer Bonnhof nutzte die Gelegenheit zu einem vertraulichen Gespräch mit Anna, um ihr mitzuteilen, wie sehr er es schätzte, dass sie eine so glückliche, gesunde Familie für Heinrich geschaffen habe. Sie sei eine große Bereicherung in der Kirchengemeinde. Gerührt bedankte sich

Anna: »Seit ich meine Heimat in St. Petersburg verlassen musste, habe ich nicht mehr so viel Liebe und Glück erfahren. Für Gottes reichlichen Segen in meinem Leben bin ich wirklich sehr dankbar.« Die anschließende fröhliche Spazierfahrt der Bredow-Familie mit Max durch die Innenstadt endete in einem Fiasko. Berittene Polizisten hatten die Hauptstraßen abgesperrt, um den Zulauf der neugierigen Passanten zu verhindern, die eine Marschkolonne von kommunistischen Demonstranten auslöste.

Rote Fahnen schwenkend, mit erhobenen Fäusten, wurde der friedliche Sonntagsverkehr durch laute Partei-Parolen und Gesänge von Kampfliedern übertönt. Überrascht von plötzlich einbrechenden Lastwagen, beladen mit Nazi-Sturmtruppen, wurden die Demonstranten brutal abgeblockt, wobei die ausströmenden, braunen SA-Truppen erbarmungslos mit ihren eisernen Schlagstöcken auf die unvorbereitete, kommunistische Marschkolonne einschlugen.

Die rohe Gewalt der brutalen Angreifer endete in einem blutigen Aufstand mit Toten und Schwerverletzten, wobei sich die um ihr Leben kämpfenden Demonstranten in der Minderheit befanden. Erst durch das spätere Eingreifen herbei eilender Polizeitruppen konnte ein Massaker durch die aggressiven braunen Schläger, die vor keinem Mord zurückschreckten, verhindert werden. Zum Rückzug gezwungen, brüllten sie dabei ihre hasserfüllten Parolen: »Deutschland erwache!« ... »Vernichtet den marxistisch-leninistischen Abschaum!« ... »Säubert Deutschland von allen ausländischen Elementen!« ... »Reinigt das deutsche Blut! ... »Nieder mit den Verrätern!« ... »Lang lebe das deutsche Vaterland!«

Geschockt, zitternd vor Angst, wurde Anna Zeugin der Geburtswehen der neuen, braunen Diktatur. Es war der Beginn einer bevorstehenden »Apokalypse«. Heinrich zog Anna fest an sich, um sie zu beruhigen. Er erkannte sofort ihr Problem: Nie hatte sie es für möglich gehalten, dass ihre eigenen Kinder einmal Zeugen von Gewalt und Brutalität werden sollten, wie sie es in ihrem Leben hatte erfahren müssen. Für Ludwig und Peter waren die gewaltsamen Zusammenstöße ein faszinierendes Ereignis. Plötzlich sprangen sie aus dem Wagen und mischten sich unter die neugierigen Menschenmassen, um möglichst nahe die Szene des Grauens beobachten zu können.

Entsetzt und verzweifelt rief Anna nach ihren Jungen, die im Tumult untergetaucht waren. Heinrich und Max, die ihnen nachliefen, hatten große Mühe, die beiden aus dem Gedränge des blutigen Aufruhrs zu befreien. Flüchtende kommunistische Demonstranten schlugen mit den Fäusten gegen die Limousine mit drohenden Rufen: »Nieder mit den Kapitalisten!« ... »Proletarier vereint euch gegen die Bourgeoisie!« ... »Parasiten!« Verängstigt hielt Anna ihren weinenden Mischa, den jüngsten Sohn, in den Armen, der unbedingt wissen wollte, warum die vorbeiziehenden Menschen so laut schrien. Energisch brachte Heinrich seine aufgeregten Söhne Ludwig und Peter zum Wagen zurück, die mit wilden Gesten und sich überschlagenden Stimmen ihrer Mutter berichteten, was sie gerade gesehen hatten. »Mama ... Mama! Du hättest es sehen sollen, wie sie sich gegenseitig geschlagen und getötet haben. Viele liegen blutig auf der Straße!« Heinrich versuchte, die Jungs zu beruhigen: »Es war eine Bande von Randalierern, die Polizei wird sich um sie kümmern. Bringen Sie uns schnell von hier fort, Max, fahren Sie nach Hause!« Max ereiferte sich voller Zorn: »Es wird immer schlimmer mit diesen verdammten Kommunisten. Es ist bereits das dritte Mal in diesem Monat; wenn das so weitergeht, sehe ich böse Zeiten auf uns zukommen.« Anna war entsetzt über das, was sie gerade von Max erfahren musste. Verärgert unterbrach Heinrich den beängstigenden Wortschwall von Max und forderte ihn nochmal auf, sofort nach Hause zu fahren.

Es war ein langer, ereignisreicher Tag. Anna und Heinrich bereiteten sich in ihrem Schlafzimmer auf die Nachtruhe vor, als Anna das Schweigen durchbrach: »Mir geht diese furchtbare Straßenschlacht vom Sonntag nicht mehr aus dem Kopf, Heinrich. Max sagt, dass es noch schlimmer werden wird. Genauso hatte es damals auch in St. Petersburg begonnen.« »Mach dir darüber keine Sorgen, Liebling«, versuchte Heinrich sie zu beruhigen. Aber Anna gab sich damit nicht zufrieden: »Bitte, erkläre mir, was hier vor sich geht, Heinrich. Ich habe ein Recht darauf, die Wahrheit zu erfahren!« Heinrich lenkte ein: »Selbstverständlich hast du ein Recht, die Wahrheit zu erfahren. Ich will nur nicht, dass du dir unnötige Sorgen machst. Du glaubst, es gibt in Deutschland eine kommunistische Revolution, stimmt's? Aber das wird niemals geschehen. Die Deutschen sind keine Revolutionäre, Anna. Es entspricht nicht unserer Mentalität. Wir sind an Gesetz und Ordnung gewöhnt und haben einen großen Respekt vor Autorität.« »Ich habe solche Angst, Heinrich. Ich will nicht, dass unsere Jungs so leiden, wie ich es musste.« Tröstend legte Heinrich seine Hände auf Annas Schultern. »Du musst dir wirklich keine Sorgen machen, Liebling, diese Unruhen werden sofort aufhören, sobald Deutschland wirtschaftlich wieder auf festen Beinen steht. Deswegen arbeite ich so hart, um dafür meinen Beitrag zu leisten.« Mit Tränen in den Augen ergriff Anna Heinrichs Hände: »Ich liebe dich so sehr, Heinrich, und die Jungs und unser Heim. Manchmal fürchte ich, alles ist nur ein Traum. Ich möchte, dass unser Glück niemals endet.« Heinrich nahm Annas Gesicht in beide Hände: »Ich liebe dich, Anna. Du bist mein Leben. Wenn das ein Traum sein sollte, dann träumen wir beide, und ich habe nicht die Absicht aufzuwachen.«

Herzhaft umarmend trug er Anna ins Bett und überhäufte ihren schönen Körper mit leidenschaftlichen Küssen … Erfüllt von Heinrichs Nähe und durchdrungen von seiner Liebe schlief sie fest in seinen Armen ein, während er mit weit geöffneten Augen in die Nacht starrte, so als ob er in Zukunft nichts Gutes erwartete.

Nachdem Heinrich Bredow von Max in die Fabrik gefahren worden war, kehrte er ins Haus zurück, um am Nachmittag Anna mit den Kindern und Wilma in den Stadtpark zu chauffieren. Max nutzte die Gelegenheit zu einem persönlichen Gespräch mit Anna, die gerade damit beschäftigt war, Blumen aus dem Garten für das Haus auszuwählen. Er näherte sich Anna mit der Bitte, ob er sie einen Moment sprechen dürfe. »Aber selbstverständlich, Max«, erwiderte Anna freundlich, »gibt es ein Problem?« »Es geht nicht um mich, Madame, es geht um einen alten Freund, der sehr krank ist. Diesem möchte ich helfen. Sein Sohn studiert an der Universität und er kann das Studiengeld nicht mehr bezahlen.« »Das heißt, er braucht Geld! Wie viel braucht er denn?« »Oh, nein, nein, Madame«, sagte Max abwehrend, »er bittet nicht um Geld.« »Sie möchten, dass mein Mann ihm eine

Arbeit beschafft?« »Nein, Madame, er kann eine Anstellung als Fahrer bei der russischen Botschaft bekommen, man verlangt jedoch, dass er ein wenig Russisch spricht …, deshalb habe ich mir gedacht …« »Ob ich ihn Russisch lehren könnte«, ergänzte Anna lächelnd. »Ich versichere Ihnen, er ist ein gut erzogener, anständiger junger Mann. Sie werden bestimmt keine Probleme mit ihm haben!« »Na gut, Max, bringen Sie ihn zu mir, ich werde ihn mir mal ansehen …« »Danke, Madame, ich hoffe nur, Herr Bredow wird nicht böse sein, dass ich Sie damit belästige.« »Machen Sie sich darüber keine Sorgen, Max, ich werde mit ihm sprechen!«

Ludwig und Peter, die beiden ältesten Söhne, hatten einen schulfreien Tag. Den nutzte Anna, um mit Wilma und den Kindern im Stadtpark spazieren zu gehen.

Auf dem Weg näherten sich drei Männer, die heftig miteinander diskutierten. Ludwig, Peter und Mischa liefen schreiend ihrem Ball hinterher. Mischa ergriff den Ball und lief, so schnell er konnte, über die Wiese, die zu einem kleinen Bach führte. Verfolgt von Peter, stolperte er über einen Felsstein und stürzte laut weinend zu Boden. Peter schoss den Ball zu Ludwig, jedoch der Ball rollte an Ludwig vorbei und direkt vor die Füße der drei Männer. Einer von ihnen kickte den Ball zurück in Richtung Anna. Es war Andrei Barankowitsch. Freundlich winkend bedankte sich Anna dafür, worauf Barankowitsch den Gruß erwiderte … Plötzlich stutzte er, es war ihm, als ob er diese Frau schon einmal gesehen hätte.

Am Abend, nach einer Wasserschlacht in der Badewanne, trug Anna ihre drei Söhne, einen nach dem anderen, auf dem Rücken ins Schlafzimmer. Trotz Wilmas Hilfe und Überredungskunst erforderte es ihre ganze Kraft, die große Energie ihrer Kinder zu besänftigen, um sie ins Bett zu bringen. Im Chor baten sie ihre Mutter noch zu warten, bis ihr Papa nach Hause kommt! Vergeblich versuchte Anna ihnen zu erklären, dass ihr Vater an diesem Abend erst sehr spät nach Hause kommen werde, solange könnten sie nicht mehr warten. »Dann musst du für uns singen, Mama – das russische Lied, das du für Großmutter gesungen hast. Bitte, bitte, ... Mama!« Anna wusste, dass sie keine andere Wahl hatte. Sie holte ihre kleine Balalaika, die Heinrich ihr geschenkt hatte, und sie sang das Lieblingslied von Florentine, ihrer Mutter, aus ferner Zeit, auf dem Hügel von Schirwinska. Fasziniert, mit leuchtenden Augen, lauschten die Jungen gebannt den fremden Melodien aus der russischen Heimat ihrer Mutter. Wilma, die inzwischen eine tiefe Zuneigung für Anna empfand, saß innerlich bewegt auf dem Stuhl in der Ecke und dicke Tränen liefen über ihre Wangen.

1933

Die politischen Spannungen auf den Straßen von Berlin hatten bedenklich zugenommen. Braune SA-Kolonnen demonstrierten singend mit drohenden Parolen in allen Stadtbezirken. Sie marschierten auf den Straßen gegen die rote Front und die Feinde des deutschen Volkes, die nicht bereit waren, sich ihnen anzuschließen. Adolf Hitlers aggressive, nationale Hetzreden gegen die Volksfeinde, das internationale Judentum und die alliierte Knechtschaft wurden begeistert mit frenetischem Jubel beklatscht. Es herrschte Aufbruchsstimmung zur nationalen Befreiung.

In einem getarnten Kellerraum, im Berliner Bezirk Wedding, der mit einem Tisch und sechs Holzstühlen spärlich ausgestattet war, tagten sechs kommunistische Parteimitglieder in geheimer Sitzung. Einige trugen schwarze Lederjacken und -kappen. Die nackten Wände waren mit einem Lenin-Porträt und einer roten Fahne dekoriert. Einer dieser Männer war Andrei Barankowitsch, der die Sitzung leitete.

»Genossen, das Zentralkomitee in Moskau hat mich mit neuen Instruktionen zu euch geschickt. Von jetzt an werden alle unsere Operationen im Untergrund durchgeführt. Die Direktiven erfolgen in Zukunft direkt vom Komitee. Alle Berichte gehen nur noch an mich persönlich!« Ein Genosse übergab Barankowitsch eine Liste mit Namen und Adressen von russischen Immigranten, die in Berlin lebten. »Das Komitee hatte diese Informationen vor vier Wochen angefordert«, erklärte der Genosse. Barankowitsch überflog schnell die Liste und bestätigte seinen Mitstreitern, gute Arbeit geleistet zu haben. »Wir brauchen schnellstens mehr Informationen über die führenden Leute der Deutschen Arbeiterpartei sowie die Aufgliederung und Strukturen an der Spitze der deutschen Industrie! Außerdem muss sofort der Geheimcode geändert werden.« Ein anderer Genosse überreichte Barankowitsch Kopien von Originaldokumenten vom obersten, deutschen Militär-Oberkommando.

Es waren geheime Pläne über militärische Strategien zur Ost-Invasion und Spionage-Kader. Barankowitsch betrachtete die Dokumente mit großer Aufmerksamkeit und nickte dem Genossen anerkennend zu: »Jetzt könnt ihr verstehen, warum Moskau mich nach Berlin geschickt hat, Genossen. Es gibt wichtige Arbeit zu tun!«

Max fuhr Heinrich Bredow wie gewöhnlich in die Fabrik. Entlang den Straßen drängten sich jubelnde Menschenmassen, die begeistert den endlosen Kolonnen stramm marschierender SA-Männer in glänzenden Lederstiefeln und mit Hakenkreuzfahnen und Standarten zujubelten. Es war der 30. Januar 1933, der Tag der Machtergreifung des neuen Reichskanzlers und Führers des Deutschen Reiches Adolf Hitler. Die Nationalsozialisten feierten die Übernahme ihrer Macht mit Paraden für ihren Führer vor der Berliner Reichskanzlei. An allen Straßenecken übertrugen Lautsprecher die Rede des Führers an das Deutsche Volk, die mit enthusiastischen »Sieg Heil«, »Sieg Heil«-Rufen den Retter Deutschlands aus der Knechtschaft begrüßten.

Max konnte kaum seinen Wagen durch die herbeiströmende Menge lenken. Auch er war von der Begeisterung der jubelnden Massen beeindruckt und glaubte, dass Hitler der neue »Messias« sei, der Deutschland vor dem Untergang retten werde. Heinrich Bredow wurde sehr nachdenklich: Welche Richtung würde dieser Mann einschlagen? Frieden oder Krieg?

Hitler versprach »Arbeit und Brot« und dass er Deutschland vom erniedrigenden Versailler Vertrag befreien würde. »Was mich besorgt«, meinte Bredow, »ist sein Hass und die Gewalt. Hitler ist von seiner Vision einer neuen deutschen Ordnung durchdrungen.

Beobachten Sie seinen Gesichtsausdruck, wenn er redet. Ich sage Ihnen, Max, dieser Mann ist gefährlich. Auf den muss man aufpassen!« »Ich glaube, Sie sind zu pessimistisch, Herr Bredow! Hitler kommt von ganz unten, er ist einer von ihnen. Ihm geht es nur darum, dem Volk Arbeit zu beschaffen und die Ehre Deutschlands wiederherzustellen!« »Ich war nie ein Pessimist, Max, aber wenn Optimismus zum Selbstbetrug führt, ist es pure Dummheit, die verblendet …

Seien Sie nicht blind, Max. Der Preis ist Aufrüstung, Waffenproduktion und ein neuer Krieg. Das ist der einfachste Weg, das Arbeitslosenproblem zu lösen. Ich traue diesem Mann nicht!«

Die neue deutsche Reichsregierung schaffte einen umfassenden Partei- und Machtapparat, der alle Bereiche des öffentlichen Lebens beherrschte und kontrollierte. Neue Gesetze bestimmten eine neue Reichs- und Rechtsordnung, die bisherige demokratische Grundsätze und Werte außer Kraft setzte. Es herrschte ausschließlich die nationalsozialistische Partei, die totale Diktatur. Ein Volk, ein Reich, ein Führer: Wer sich dem widersetzte, wurde zum Volksfeind erklärt. Der Präsident des Aufsichtsrates sowie der vollständige Vorstand des Industrie-Unternehmens, dem Heinrich Bredow angehörte, wurde zu einer außerordentlichen Sitzung einberufen. In straffer Haltung und plötzlich verändertem Selbstbewusstsein ergriff der bisher eher zurückhaltend wirkende Präsident das Wort: »Meine Herren, ich habe die große Freude, Ihnen eine gute Nachricht mitteilen zu dürfen … Das Reichsministerium des Innern sowie das Ministerium für Wirtschaft haben soeben bekannt gegeben, dass mit sofortiger Wirkung alle bestehenden Beschränkungen des Versailler Vertrages aufgehoben sind.« Spontan erhoben sich die Anwesenden von ihren Sitzen und brachen in Jubel aus. »Das bedeutet«, fuhr der Präsident fort, »dass wir von jetzt an alle verfügbaren Ressourcen zur Steigerung der Produktionskapazität unseres Unternehmens mit Hilfe von Regierungsaufträgen einsetzen können und damit unseren Beitrag für den Aufschwung sowie der Wiederherstellung unserer deutschen Nation leisten werden.« Stolz nahm der Präsident den Applaus entgegen, um dann eine weitere, überraschende Mitteilung zu verkünden: »Weiterhin, meine Herren, hat mich der Reichsminister verständigt, dass der Führer persönlich mit einer Delegation von Experten unser Unternehmen besichtigen wird, um seine volle Loyalität gegenüber den Arbeitern zu versichern!« Der brausende Applaus kannte keine Grenzen. Schließlich wand sich der Präsident Heinrich Bredow zu: »Herr Bredow, als Zeichen unserer Würdigung Ihrer hohen Verdienste für unser Unternehmen erteilen wir Ihnen die große Ehre, unser Haus als persönlicher Gastgeber des Führers während seines Besuches zu repräsentieren.« Die Anwesenden erteilten Heinrich Bredow eine »standing ovation«. Heinrich war über den Applaus der Sitzungsmitglieder überrascht. Jedoch war er etwas zurückhaltend. Die ihm zuerkannte Ehre, Gastgeber für den »Führer« zu sein, irritierte ihn. »Das ist alles, meine Herren«, beendete der Präsident seine Rede, »lassen Sie uns einer glorreichen Zukunft für unser Unternehmen und unser geliebtes Vaterland Deutschland entgegensehen!« Seinen rechten Arm ausstreckend, in steifer Haltung, rief er laut: »Heil Hitler!«

Die Sitzungsteilnehmer hatten inzwischen den Konferenzsaal verlassen, außer Heinrich. Den Kopf in seinen Händen haltend saß er allein am Konferenztisch, als die Tür geöffnet wurde und sein Assistent Herbert sich neben Heinrich setzte. »Sie scheinen der Einzige zu sein, der über die Rede unseres Präsidenten nicht sehr glücklich war, Herr Bredow!«, sagte er mit spöttischem Unterton. Mit starrem, abwesendem Blick schaute Heinrich auf seinen Assistenten: »Sind Sie sich darüber im Klaren, was das bedeutet, Herbert? Umrüstung der Produktion? Wir werden wieder Waffen produzieren ... Waffen für den Krieg!« »Aber wir müssen doch unser Land beschützen, und dafür müssen wir eine Verteidigung aufbauen«, erwiderte Herbert voll Stolz. »Seien Sie kein Narr, Herbert, Deutschland will keine Verteidigung aufbauen, sondern eine starke Militärmacht. Das ist der Grund, warum man mehr Waffen benötigt! Es widerstrebt mir, es auszusprechen, Herbert, aber ich rieche bereits das Blut, das in einem neuen Krieg vergossen werden wird.« »Ach was, Herr Bredow, wer glaubt denn an einen Krieg, das deutsche Volk will Frieden. Der

Führer wird uns doch niemals in einen Krieg hineinführen.« »Lieber junger Mann, hören Sie doch nur auf die militanten Lieder, die marschierenden, dröhnenden Stiefel der SA, der SS und der Hitlerjugend. Eine ganze, junge, unschuldige Generation, voll von Idealen und Illusionen, singt und marschiert für den Sieg: ›Heute hört uns Deutschland und morgen die ganze Welt‹.« Herbert schüttelte den Kopf. Verwirrt und verständnislos verließ er wieder den Raum.

Anna und Martha, ihre ehemalige Fürsorgerin, spielten fröhlich mit den drei Jungen im Garten des feudalen Anwesens der Bredows, als durch das Hausportal die Limousine einfuhr. Max öffnete für Heinrich die hintere Wagentür und sofort liefen die Jungs in die Arme ihres Vaters, um ihn freudig zu begrüßen. Anna empfing ihren Mann mit fragendem Blick und nahm ihn bei der Hand: »Du kommst heute sehr früh, Liebling, gibt es ein Problem?« Mit müdem Lächeln versuchte Heinrich zunächst ihren Fragen auszuweichen. »Ich bin nur ein wenig erschöpft, mein Herz, das ist alles!« Langsam gingen beide in den ruhigeren Teil des Gartens. Anna hielt plötzlich inne und blickte besorgt in das Antlitz ihres Mannes. »Ich habe dich schon öfters erschöpft erlebt, Heinrich, aber diesmal ist es mehr ..., was ist geschehen?«

Heinrich legte den Arm um die Schultern seiner Frau und sagte nachdenklich: »Hitler wird unsere Fabrik besuchen. Der Präsident hat mich dazu auserwählt, den Führer persönlich zu begleiten.« »Aber das ist doch eine große Ehre für dich, Heinrich! Wo liegt das Problem?« »Ich fühle mich dabei wie Faust, der sich in die Hände des Mephisto begibt.« »Aber das ist doch eine gute Gelegenheit für dich, dem Führer zu sagen, dass deine russische Frau sich freuen würde, ihn zum Essen einzuladen«, scherzte Anna. »Lieber nicht, denn was ist, wenn er deine Einladung wirklich annimmt?« Beide schüttelten sich vor Lachen. »Übrigens, wie läuft dein russischer Sprachunterricht mit dem Studenten, den dir Max ins Haus gebracht hat?« »Oh, es macht mir viel Spaß, er ist sehr begabt und lernt sehr schnell. Du solltest ihn kennen lernen! Er ist ein intelligenter, interessanter junger Mann.« Heinrich wechselte schnell das Thema. »Weißt du was, ich habe zwei Karten für die Oper besorgt, und für Samstag Abend einen Tisch im YAR reserviert. Ich möchte, dass du besonders hinreißend aussiehst, wenn wir an unserem Hochzeitstag zusammen ausgehen.« Freudig überrascht umarmte Anna ihren Mann. »Oh, Liebling, du hast es wirklich nicht vergessen! Ich danke dir, es bedeutet so viel für mich!« Martha näherte sich vom anderen Ende des Gartens, um sich zu verabschieden, doch die Jungs protestierten heftig. »Das kommt gar nicht in Frage, Martha. Du bist ein Teil der Familie und wirst mit uns zu Abend essen«, protestierte auch Anna. »Max wird Sie später nach Hause fahren«, ergänzte Heinrich freundlich.

Die Berliner Staatsoper eröffnete die Saison mit einer Gala-Vorstellung von Puccinis »La Boheme«, zu der die höchste Parteiprominenz der neuen Reichsregierung erschienen war. Neben den Herren im Frack und Damen in exquisiten Roben waren die ersten Parkettreihen von Männern mit braunen und schwarzen Gala-Uniformen belegt, höchste Machthaber und Elite der SA und SS-Hierarchie, die über das Dritte Reich herrschten und somit das Schicksal eines ganzen Volkes bestimmten. Heinrich und Anna betrachteten aus ihrer Loge mit Unbehagen die neuen Machthaber, die bald auch über ihr eigenes Leben entscheiden würden. Anna in einem langen, schwarzen Abendkleid und Heinrich im Frack waren ein elegantes, viel beachtetes Paar. Neugierige Damen, die sich flüsternd nach der Frau an Heinrichs Seite erkundigten, erhielten die Antwort: »Das ist die ›Russin‹, Anna Petrovka!«

Nach der Oper dinierten Anna und Heinrich im YAR-Restaurant an ihrem für sie reservierten Tisch auf der Galerie. Sie waren in ausgelassener Laune, der Champagner tat sein Übriges, und sein Glas erhebend, verkündete Heinrich:

»Dieser Tisch ist für unseren Hochzeitstag für die nächsten fünfzig Jahre reserviert!«

Anna schaute ihrem Mann tief in die Augen: »Hättest du damals auf dem Hügel in Russland das ›YAR‹ als dein Lieblingsrestaurant nicht erwähnt, dann wären wir uns nie mehr begegnet. Nun weiß ich, dass es unsere Bestimmung war!« Besinnlich ging Heinrich auf Annas Gedanken ein: »Auch ich verstehe langsam, dass es noch eine andere, eine weitaus größere Realität gibt, als wir begreifen können.«

»Welche Realität, mein Liebling, könnte größer sein als die Liebe ...«, erwiderte Anna, »und die Quelle dieser Liebe? Sie ist eine Gnade, und ich bin dankbar, dass ich sie durch dich noch erleben darf.« Anna, inzwischen unter den Stammgästen bekannt und beliebt, war verzaubert von den sentimentalen, russischen Melodien des Balalaika-Ensembles und summte leise mit. Ganz in ihre Gedanken und Erinnerungen versunken, hörte sie plötzlich, wie sie jemand zum Singen aufforderte. Auch die Musiker und Heinrich bedrängten Anna, bis sie schließlich nachgab. Ungewollt wurde sie plötzlich zum Star des Abends. Die Gäste verstummten und lauschten aufmerksam ihrer wunderbaren Stimme. Auch die beiden Männer, die am unteren Ecktisch saßen und in ein Gespräch vertieft waren, wurden schweigsam. Einer der beiden war Andrei Barankowitsch. Im Abendanzug machte er einen gepflegten, zivilisierten Eindruck. Als er zur Galerie hinaufblickte, wurde sein Gesicht von Neugierde und Faszination angespannt. Obwohl er sich nicht genau erinnern konnte, wer diese Frau war, glaubte er doch, diese Stimme zu kennen. Barankowitsch winkte den Oberkellner zu sich, gab ihm ein großzügiges Trinkgeld und zeigte auf Anna. Der Oberkellner, der Heinrich und Anna gut kannte, erzählte ihm ihre Geschichte. Während die Gäste Anna mit stürmischem Applaus feierten, schrieb Barankowitsch etwas auf einen Zettel und reichte diesen seinem Genossen.

»Überprüfe diesen Namen. Ich brauche alle Informationen, die du über diese Frau und diesen Mann bekommen kannst, so schnell wie möglich!« Grinsend nahm der Genosse den Zettel an sich mit der Frage, wer für ihn von beiden wichtiger sei, der Mann oder die Frau? Barankowitsch wurde sehr ernst: »Falls meine Vermutung richtig ist, habe ich heute Abend die wichtigste Entdeckung meines Lebens gemacht. Geh sofort an die Arbeit!«

Die Wende

Freundlich sich von einigen Gästen verabschiedend, verließen Heinrich und Anna das YAR. Barankowitsch folgte ihnen unauffällig, als sie Arm in Arm auf die wartende Limousine mit Max zugingen. Er konnte noch die letzten Worte Annas mithören: »Ich danke dir, Liebling, das war einer der schönsten Abende meines Lebens!« Und sie küsste ihren Mann. Barankowitsch folgte den beiden in einem Taxi immer in diskreter Distanz, bis Max die Limousine vor dem Hauptportal von Bredows Anwesen zum Halten brachte. Dabei machte er sich einige Notizen.

Drei Tage nach diesem vergnüglichen Abend waren vergangen. Sorglos, gelöst, herzhaft lachend amüsierte sich Anna mit ihrem kleinen Lieblingssohn Mischa auf der Terrasse, als das Telefon läutete. Anna bat Wilma das Gespräch entgegenzunehmen und nach dem Namen des Anrufers zu fragen: »Eine männliche Stimme wollte Anna Petrovka sprechen, er sagte, er wäre ein guter Freund aus dem YAR-Restaurant«, berichtetete Wilma. Anna übergab Mischa in Wilmas Obhut, nahm den Telefonhörer und sagte gut gelaunt: »Hallo, hier spricht Frau Bredow …«

»Anna, hier spricht Andrei Barankowitsch. Ich bin sicher, du erinnerst dich noch, wer ich bin!« Geschockt, wie vom Blitz getroffen, war es ihr unmöglich zu antworten. »Hallo, kannst du mich hören?

Ich bin Barankowitsch … vom Hügel … von Schirwinska … Hallo, Anna, antworte!« Verwirrt und mit letzter Kraft stammelte Anna: »Sie haben sich verwählt …« Langsam legte sie den Telefonhörer auf. Am ganzen Körper zitternd war sie kaum noch fähig, sich zu konzentrieren; und sie versuchte, sich im Garten abzulenken. Anna konnte es nicht fassen, dass nach all den Jahren und Ereignissen Barankowitsch plötzlich wieder in ihr Leben eindrang.

Wilma erschien auf der Terrasse und meldete einen neuen Telefonanruf. Misstrauisch fragte Anna nach dem Namen. »Ich glaube, es ist der Herr, der schon einmal angerufen hat«, erwiderte Wilma. Anna reagierte sehr nervös: »Sagen Sie ihm, ich habe kein Interesse mit ihm zu sprechen … oder nein …, sagen Sie ihm, dass ich nicht die Person bin, für die er mich hält!« Am Nachmittag hatte sich Anna in ihr privates Zimmer zurückgezogen. Sie war verstört und nachdenklich.

Wilma klopfte an ihrer Tür, mit einem Brief in der Hand, der gerade von einem Boten überbracht worden war. Auf der Couch liegend nahm sie den Brief in Empfang und begann ihn mit zitternden Händen zu lesen:

»Anna, ich weiß, wer du bist und wer dein Mann ist.

Ich muss mit dir sprechen. Erwarte dich morgen Nachmittag um 15.00 Uhr im Café Kranzler!

Ignoriere diesen Brief nicht, es wäre ein fataler Fehler. Es geht um dich und deine Familie.

Andrei Barankowitsch«

In panischer Angst ergriff Anna das Telefon, um Heinrich in seinem Büro anzurufen. »Oh, Frau Bredow«, antwortete seine Sekretärin, »gerade wollte ich Sie anrufen, um Ihnen mitzuteilen, dass Herr Bredow heute erst sehr spät nach Hause kommen wird. Sie brauchen nicht auf ihn zu warten.« »Aber es ist sehr dringend, ich muss ihn unbedingt sprechen!« »Es tut mir sehr Leid, Frau Bredow. Ihr Gatte befindet sich in einer Konferenz außerhalb der Stadt. … Ich habe keine Möglichkeit, ihn zu erreichen.« Anna war verzweifelt. Immer wieder las sie die Zeilen von Barankowitsch. »Ignoriere diesen Brief nicht, es wäre ein großer Fehler!«

Lange konnte Anna keinen Schlaf finden. Sie hoffte auf Heinrichs baldige Rückkehr.

Als er endlich in später Nacht ermüdet nach Hause kam, brachte sie es nicht übers Herz, mit ihm über die schreckliche Nachricht zu sprechen und wollte es bis zum Morgen aufschieben. Alles schien sich von nun an gegen sie verschworen zu haben.

Das gnädige Schicksal, das sie die letzten Jahre ihres Lebens in Überfülle mit Glück und Sorglosigkeit verwöhnt hatte, forderte plötzlich einen hohen Preis von ihr.

Heinrich erschien, entgegen seiner Gepflogenheit, verspätet zum Frühstückstisch, wo Anna bereits nervös auf ihn wartete. In Eile gab er Anna einen kurzen Morgenkuss, trank nur eine Tasse Kaffee, biss in eine Honigsemmel und dabei stopfte er einige Papiere in seine Aktentasche. Als er Anna ins Gesicht schaute, bemerkte er ihre bedrückte Stimmung: »Fühlst du dich nicht wohl, Liebling?«, fragte er besorgt. »Nein, nein, mach dir keine Sorgen, ich habe nur gehofft, mit dir in Ruhe sprechen zu können.« »Es tut mir so Leid, Liebling, aber du hast sicher vergessen, dass ich heute Vormittag eine sehr wichtige Sitzung im Reichskanzleramt habe. Ich darf mich nicht verspäten. Ich hoffe, du verstehst es!« »Natürlich habe ich dafür Verständnis, ich weiß, wie wichtig es für dich ist.« »Aber du sollst wissen, dass es für mich nichts Wichtigeres gibt als dich, Anna. Ist es etwas so Dringendes, dass es nicht bis heute Abend Zeit hat?« Mit ganzer Überwindung zwang sich Anna zu einem Lächeln: »Du musst jetzt gehen, damit du nicht zu spät kommst. Mach dir über mich keine Sorgen.« Heinrich versprach, am Abend früher nach Hause zu kommen. »Ich liebe dich, mein Schatz, ich werde mich um alles, was dich bedrückt, kümmern!« »Ich liebe dich auch, Heinrich, du musst jetzt gehen, ich werde in Gedanken bei dir sein!«

Ruhelos, mit den Tränen kämpfend, schritt Anna in ihrem Zimmer auf und ab. Immer wieder las sie Barankowitschs Brief und seine Warnung, den Brief nicht zu ignorieren. »Was will dieser Mann von uns? Warum lässt er uns nicht in Frieden?«

Diese Gedanken kreisten in Annas Kopf. Sie kämpfte immer verzweifelter mit ihrem Gewissen. Auf keinen Fall wollte sie Heinrich und ihre Kinder in Gefahr bringen. Anna hatte keine andere Wahl, als sich dieser Herausforderung zu stellen. Angespannt und zögernd betrat sie das Café Kranzler am Kurfürstendamm und blickte um sich.

Barankowitsch erhob sich von einem kleinen Ecktisch und ging auf Anna zu. Sie ignorierte seine entgegengestreckte Hand. »Du scheinst nicht sehr glücklich zu sein, mich wiederzusehen«, begann Barankowitsch höflich grinsend das Gespräch. »Ich habe nicht viel Zeit, was willst du von uns?«, antwortete Anna. »Es war nicht sehr schön von dir damals, den Hügel zu verlassen, ohne dich von deinen Freunden zu verabschieden«, bemerkte er sarkastisch. »Willst du dich jetzt mit mir über alte Zeiten unterhalten?«, fragte Anna. »Du hast dein eigenes Volk verraten, das Volk der Sowjetunion ...« »Es ist euer Regime, wovon du sprichst, nicht mein Volk ..., ich habe niemals mein eigenes Volk verraten!« »Das Zentralkomitee davon zu überzeugen, dürfte für dich etwas schwierig sein«, erwiderte Barankowitsch mit zynischem Unterton. Anna war es unklar, worauf er hinauswollte. Ohne Umschweife fragte sie ihn: »Was willst du von mir?« »Nun, ich denke du bist mir noch etwas schuldig, meinst du nicht auch?«, grinste Barankowitsch. »Was heißt das?«, fragte Anna misstrauisch. »Es geht mir nur um einen kleinen Gefallen, der dir nicht weh tut ...« Anna begann nervös zu werden. »Um was geht es?« »Dein Mann ist eine Schlüsselfigur in der deutschen Industrie. Wir wissen, dass er an einem interessanten Projekt arbeitet, von dem wir etwas mehr erfahren möchten.« Ungläubig starrte Anna auf Barankowitsch. Entsetzt fragte sie: »Du willst, dass ich meinen Mann ausspioniere?« Mit einem teuflischen Grinsen versuchte er, sie zu beruhigen. »Kein Grund, dramatisch zu werden, Anna. Ich wollte ja nur einen kleinen Gefallen von dir.« »Mein Mann hat noch nie über seine Arbeit mit mir gesprochen. Ich weiß überhaupt nichts«, antwortete sie ausweichend. »Eine Frau kann immer herausfinden, was ihr Mann tut!« »Auch wenn dem so wäre, niemals könnte ich es bei meinem Mann tun!« Barankowitsch reagierte kühl und kam zur Sache: »Ich befürchte, es wird dir nichts anderes übrig bleiben.« Anna erschrak: »Was meinst du damit?« »Du kollaborierst bereits mit unserer Organisation, ohne dass es dir bewusst ist. Du hast einem jungen deutschen Studenten Russischunterricht erteilt, der zu unseren Informanten gehörte.« Annas Gesicht wurde kreidebleich. »Was, aber davon wusste ich doch gar nichts!« Barankowitsch wurde sarkastisch. »Die Unschuldigen sind immer die Opfer«, philosophierte er. »Denke mal darüber nach, was dir und deiner Familie geschehen würde, wenn die ›Gestapo‹ entdeckt, dass du in einer kommunistischen Konspiration gegen das Deutsche Reich verwickelt bist?« Anna war verzweifelt. »Aber das ist doch verrückt. Ich habe mit einer Konspiration nichts zu tun!« »Ich weiß es und du weißt es. Aber Anna, denkst du wirklich, die Gestapo würde einem von uns glauben?« Anna wurde klar, dass sie sich in einer Falle befand. Barankowitsch nahm ihre Hand: »Begreifst du jetzt, warum ich mit dir sprechen wollte? Solange ich noch hier bin, kann ich dich beschützen. Aber ich muss für eine Zeit nach Moskau zurück. Hitler plant einen Angriff auf Polen. Deswegen wollte ich dich noch vor meiner Abreise sprechen. Vertraue mir, Anna!« »Dir vertrauen? ... Wie kannst du erwarten, dass ich dir jemals vertrauen könnte?« »Weil du mir nicht gleichgültig bist und ich dich immer noch mag, Anna. Was immer geschah, vergiss das nicht, und vergiss nie, dass wir beide Russen sind. Du wirst es bald erfahren, dass du in einem Land lebst, das keine Ausländer mag!« »Hier ist das Land, wo meine Familie lebt, die mir alles bedeutet. Sie ist mein Leben, nachdem ihr meine eigene Familie vernichtet habt, ihr, das Volk ..., das ich angeblich verraten habe!«

Barankowitsch war von Annas reifer Persönlichkeit sehr beeindruckt. Auch er hatte sich sehr verändert, war menschlicher und sympathischer geworden, obwohl er von seiner politischen, revolutionären Überzeugung nicht abwich. Liebevoll, fast zärtlich, schaute er Anna lange in die Augen, bevor er eindringlich auf sie einzureden begann:

»Anna, vergiss, wer ich einmal war; vergiss, wer ich bin und was ich tue. Ich bewundere dich. Du bist eine außergewöhnliche Frau. Du bist schöner denn je. Du sollst wissen, dass ich niemals aufgehört habe, an dich zu denken.« Überrascht über seinen veränderten Gemütszustand blieb Anna misstrauisch und distanziert: »Wenn du mich wirklich schützen willst, dann halte meinen Mann aus deinem schmutzigen Geschäft heraus!« Mit leichtem Grinsen und abwehrender Handbewegung versuchte Barankowitsch, dieses Thema abzuschließen: »Vergiss, dass ich dich darum gebeten habe, mir einen kleinen Gefallen zu erweisen. Wir haben andere Wege, das herauszufinden.« »Mein Mann ist kein Nazi, und ich werde nie eine Kommunistin oder Spionin werden«, reagierte Anna gereizt. »In den Methoden, welche die Nazis und Kommunisten bei ihrem eigenen Volk anwenden, wenn sie die Partei ablehnen, besteht kein Unterschied. Es ist der gleiche Hass, die gleiche Brutalität und Gewalt. Die haben Konzentrationslager, und ihr habt Gulags, um die Menschen zu foltern.«

Barankowitsch war bemüht, Annas Emotionen zu ignorieren: »Große Ideen fordern große Opfer. Das Bürgertum ist zu arrogant, um die Sache der Revolution zu begreifen.« »Es gibt andere Wege, um eine bessere Welt zu schaffen. Darüber solltet ihr Fanatiker nachdenken, anstatt zu morden und zu töten«, antwortete sie. »Was immer deine Träume auch sein mögen, Anna«, lenkte Barankowitsch versöhnend ein, »das hier ist nicht das Land, wo sie in Erfüllung gehen. Der Tag wird kommen, an dem du deine Wahl bereuen wirst, der Tag, an dem du mich brauchen wirst!« Abrupt erhob sich Anna: »Ich hoffe, dass dieser Tag niemals kommen wird!« Barankowitsch hielt sie am Arm zurück: »Geh noch nicht! Setz dich, Anna! Ich habe noch eine andere Überraschung für dich, von der du wissen solltest.«

»Was heißt das?«, frage Anna misstrauisch. Sie wusste, so leicht würde sie ihm nicht entkommen. »Als ich in Moskau Recherchen über deine Familie einholte, machte ich eine interessante Entdeckung. Deine Mutter war bei der NKWD* als Jüdin registriert, was bedeuten würde, dass du eine halbe Jüdin bist. Du weißt, welche Folgen das für dich in diesem Land haben kann.« Ungläubig und konfus starrte Anna auf Barankowitsch, der ihre heftige Reaktion in dieser Form nicht erwartet hatte: »Du bist ein Lügner!«, rief sie. »Wieder einer deiner schmutzigen NKWD-Tricks, um Menschen zu verleugnen.« Zitternd vor Erregung attackierte sie Barankowitsch, als ob sie eine alte Rechnung begleichen wollte. »Drohen, Fälschen, Erpressen war immer schon das dreckige Geschäft von euch Geheimagenten.

* NKWD = russischer Geheimdienst

Willst du damit meinen Mann erpressen und einen Verräter aus ihm machen, um unsere Familie zu zerstören? Ist das der billige Triumph, auf den du gewartet hast, weil es dir nicht gelungen ist, eine rote Braut aus mir zu machen, um deiner stupiden Partei zu dienen?« Barankowitsch wurde sichtbar nervös und unterbrach Annas Erregung:

»Bitte, Anna, du siehst das völlig falsch, so etwas würde ich dir niemals antun. Niemand außer mir weiß etwas von diesen Unterlagen, es kann durchaus eine Fälschung sein.«

Anna und Barankowitsch wurden von einem finsteren Typ, der in ihrer Nähe saß und sein Gesicht hinter einer Zeitung versteckte, ständig beobachtet. Als Anna das Café Kranzler verließ, um auf der belebten Verkehrsstraße ein Taxi anzuhalten, wurde sie von demselben Typ verfolgt, der in ein wartendes Auto einstieg und dem Taxi hinterherfuhr.

Gestapo-Gefängnis – Verhörraum

Zwei Gestapowachmänner stießen gewaltsam den jungen Studenten, der auf Empfehlung von Max im Hause Bredow von Anna russischen Sprachunterricht erhalten hatte, in den kahlen Verhörraum mit nackten, grauen Wänden und pressten ihn auf einen Holzstuhl. Sein Gesicht mit geschwollenen Augen zeigte starke Spuren von Folterungen. Ungeduldig schritt ein untersetzter Gestapooffizier in schwarzer Uniform mit drohend geballten Fäusten und laut dröhnenden Stiefeln den Raum auf und ab. Seine hasserfüllte Stimme schrie auf den verängstigten jungen Häftling ein:

»Du hast die Wahl, ein Geständnis abzulegen und am Leben zu bleiben oder am Galgen zu hängen.« »Aber ich habe doch alles gesagt«, erwiderte der junge Mann mit erstickter Stimme. »Ja, bis auf die Wahrheit, du dreckiger Lügner. Du hast Frau Bredow zwei mal die Woche besucht, und du willst mir erzählen, dass sie dir nur Russischunterricht gegeben hat? Wir wissen genau, dass sie dir geheime Informationen übermittelt hat, die du an die russische Botschaft weitergeleitet hast. Also entscheide dich jetzt. Welche Informationen hast du erhalten?« Verzweifelt flehte der junge Student den gewalttätigen Offizier an: »Bitte, glauben Sie mir doch, ich habe Ihnen die Wahrheit gesagt. Frau Bredow ist unschuldig. Sie hat mir niemals Informationen gegeben!« Wütend schlug der Gestapooffizier seinem hilflosen Opfer die Faust ins Gesicht:

»Du verdammter Lügner, du verlogene kommunistische Ratte. Ich gebe dir noch eine Chance, bis morgen früh darüber nachzudenken. – Bringt ihn weg!«, befahl er den beiden Wachmännern.

Es war bereits spät am Abend. Heinrich Bredow wollte eigentlich vom Büro früher nach Hause fahren, wie er es Anna versprochen hatte. Besorgt telefonierte er ein zweites Mal mit Wilma, um sich über Annas Ausbleiben zu erkundigen. Wilma konnte ihm nur bestätigen, dass Anna am Nachmittag das Haus verlassen hatte, um mit einem Taxi in die Stadt zu fahren, auch sie sei sehr beunruhigt. Als Frau Müller, Bredows Chefsekretärin, sein Büro betrat, fragte er sofort, ob sie eine Nachricht von seiner Frau erhalten habe:

»Nein, Herr Bredow, wir haben immer noch nichts von ihr gehört. Aber es sind zwei Herren gekommen, die Sie sehen möchten!« Erstaunt fragte Heinrich:

»Was, so spät? Sind sie angemeldet?«

»Nein, sie sind von der Geheimen Staatspolizei und bestehen darauf, sofort mit Ihnen zu sprechen!« Erstaunt erwiderte Heinrich:

»Wahrscheinlich will man über die Sicherheitsmaßnahmen für den Besuch des Reichskanzlers Hitler mit mir sprechen. Schicken Sie die Herren herein!« Frau Müller öffnete die Tür und wurde rüpelhaft zur Seite gestoßen. Zwei Männer in langen Ledermänteln mit dunklen Filzhüten betraten den Raum mit lautem »Heil Hitler«-Gruß, den Heinrich beflissentlich ignorierte. »Guten Abend, meine Herren, bitten nehmen Sie Platz! Was kann ich für Sie tun?«, räusperte sich Heinrich freundlich.

Die beiden präsentierten ihre Erkennungsmarken von der Geheimen Staatspolizei. »Sind Sie Heinrich Bredow?«, fragten sie kurz. »Ja, der bin ich«, antwortete Heinrich unbeeindruckt. »Ist der Mädchenname Ihrer Frau Anna Petrovka?« Heinrich zögerte zunächst, er ahnte nichts Gutes, antwortete aber dann mit »Ja!« »Ist sie Russin?«, fragte der zweite Mann. Heinrich reagierte ärgerlich: »Moment mal, soll das etwa ein Verhör sein?« »Wir stellen hier die Fragen«, antwortete barsch der erste Gestapomann, »Ihre Frau wurde heute verhaftet.« Heinrich erschrak. Ungläubig starrte er auf den Gestapobeamten: »Soll das ein Scherz sein?« »Das ist nicht die Zeit zum Scherzen,

Herr Bredow. Ihre Frau steht unter dem Verdacht, Mitglied einer ausländischen Konspiration zu sein.« Empört sprang Heinrich Bredow von seinem Schreibtischsessel auf. »Das ist doch lächerlich, vollkommen absurd.« »Es gibt aber Beweise dafür, Herr Bredow«, konterte der Beamte kalt und blätterte dabei in seinem Notizbuch. »Ein als deutscher Student getarnter Agent der russischen Botschaft diente dabei als Kurier zwischen Ihrer Frau und der Botschaft. Die Daten sowie der genaue Zeitpunkt der Treffen wurden genau registriert.« Heinrichs Empörung steigerte sich in einen Wutausbruch. Mit der Faust auf den Tisch schlagend schrie er die Gestapomänner an: »Was für ein schmutziges Spiel wird denn hier eigentlich getrieben? Meine Frau hat diesem jungen Mann nur einen persönlichen Gefallen getan und ihm Unterricht in Russisch erteilt.« »Sie sind sehr naiv, Herr Bredow«, bemerkte der Gestapobeamte zynisch. »Sie mögen das vielleicht geglaubt haben. Dieser junge Mann ist in Wirklichkeit ein gefährlicher Agent. Er wurde verhaftet und hat bereits ein Geständnis abgelegt.« »Aber meine Frau hat doch davon nicht die geringste Ahnung gehabt. Ich schwöre Ihnen, sie ist völlig unschuldig.« »Das werden wir schon herausbekommen, ob sie unschuldig ist oder nicht. Wir haben dafür unsere Methoden, die Wahrheit zu erfahren.« »Oh ja«, erregte sich Heinrich Bredow, »Ihre Methoden, die Wahrheit zu erfahren, sind bekannt. Dann sollte Ihnen auch bekannt sein, dass Anna im letzten Krieg eine Heldin war, die Hunderten von deutschen Soldaten das Leben gerettet hat, einschließlich mein eigenes. Was wollen Sie eigentlich von uns?« Ungerührt fuhr der Beamte fort: »Uns liegt eine Zeugenaussage vor, dass sie als bolschewistische Partisanin von deutschen Truppen gefangen genommen wurde und ihre Narben von deutschen Maschinengewehrkugeln stammen.« Heinrich versuchte vehement klarzustellen, dass er damals der deutsche Kommandant gewesen sei, der Anna gerettet habe. Sie sei nur durch ein Missverständnis von seinen Leuten verwundet worden, als sie ihr Leben riskierte, um ihn vor einem drohenden Überraschungsangriff der Bolschewiken zu warnen. Doch die Gestapobeamten blieben ungläubig. Abweisend bemerkten sie schließlich:

»Herr Bredow, wir sind nicht daran interessiert, was während des Krieges geschah. Wir sind nur an der Tatsache interessiert, dass Ihre

Frau in einer internationalen Konspiration verwickelt ist, mit dem Ziel, das Deutsche Reich zu zerstören.« Heinrich wurde kreidebleich. Die Ungeheuerlichkeit dieser Unterstellung erschütterte ihn. Er suchte nach Worten:

»Meine Herren, nehmen Sie zur Kenntnis, dass ich Gelegenheit habe, diese Situation dem Reichskanzler Hitler persönlich vorzutragen. Sollte meiner Frau das Geringste geschehen, mache ich Sie persönlich dafür verantwortlich. Ich hoffe, wir haben uns verstanden! Und nun verlassen Sie mein Büro!« »Wir befolgen nur unsere Befehle, Herr Bredow!« Den rechten Arm steif zum Hitlergruß erhebend, verließen die beiden Gestapobeamten das Büro. Verstört, mit blutleerem Gesicht, starrte ihnen Heinrich nach. Er ahnte, dass Anna und er vor einer dramatischen Wende ihres Lebens standen.

Die unfassbare Tatsache, dass Anna von der Gestapo verhaftet worden war und man ihr allen Ernstes Spionage unterstellte, war für Heinrich der Beweis, mit welch abgründigen Methoden das neue N.S.-Regime bereit war, seinen Rassenwahn von »Blut und Ehre« durchzusetzen. Ihm wurde auch klar, dass interne Intrigen gegen seine bekannte liberale Denkungsart bei missgünstigen Kleingeistern in seiner Umgebung mit im Spiel waren. Spitzel und Denunziantentum, von Parteifunktionären systematisch gefördert, stürzten unbescholtene Bürger ohne jeden Rechtsschutz durch Verleumdung wehrlos ins Unglück.

Als Max von Annas Verhaftung erfuhr, weil man sie einer Konspiration mit dem jungen Studenten, dem Sohn seines Freundes beschuldigte, meldete er sich sofort bei der Gestapo-Dienststelle. Er wollte Annas Unschuld bekräftigen. Die Beamten der Gestapo nutzten jedoch die Gelegenheit, um Max in ein Kreuzverhör zu verwickeln und bei diesem erkannte Max die große Gefahr, in die Anna und sein Chef geraten waren. Überzeugend demonstrierte er nun sein Bekenntnis zum N.S.-Regime. Niemals würde er in Diensten von regimefeindlichen Arbeitgebern stehen, zumal er selbst die Absicht habe, Mitglied der NSDAP zu werden. Obwohl es nicht seiner Überzeugung entsprach, hoffte er mit dieser Absichtserklärung Anna retten zu können. Alle Versuche Heinrich Bredows, mit Anna Kontakt aufzunehmen, blieben erfolglos. Schließlich gelang es ihm mit SS-Obergruppenführer Wagner vom Reichssicherheits-Hauptamt einen Termin zu vereinbaren. Damit begab er sich in die Höhle des Löwen, der über sein Schicksal entscheiden sollte.

Obergruppenführer Gerhard Wagner war ein mächtiger, zynischer Mann an der Spitze der SS-Hierarchie. Arrogant und mit kaltem Lächeln verkörperte er den intelligenten Prototyp des Herrenmenschen. Hinter seinem protzigen, blanken Schreibtisch sitzend, fixierte er Heinrich, der mit seiner ganzen Energie um Annas Freilassung kämpfte. Dabei setzte er sein Prestige als ehemaliger, hochverdienter, preußischer Offizier sowie seine hervorragenden Verdienste um den Wiederaufbau der deutschen Industrie ein. Er ließ auch nicht unerwähnt, dass man ihm die ehrenvolle Aufgabe übertragen hatte, als Sprecher und Repräsentant der deutschen Industrie Reichskanzler Hitler zu begrüßen. Heinrich wusste, dass sein Gegenüber eine Ideologie vertrat, die er niemals akzeptieren konnte. Zwei »Welten« saßen sich gegenüber, wobei die neue Welt die Macht auf ihrer Seite hatte. »Herr Obergruppenführer, alles was ich Ihnen berichtet habe, entspricht der absoluten Wahrheit. Sie haben das Ehrenwort eines ehemaligen preußischen Offiziers!« Wagner war ein schmeichelnder Rhetoriker, seine Machtfülle stärkte sein Selbstbewusstsein und seine kühle Arroganz. »Ich habe keinen Zweifel, Herr Bredow, dass Sie mir die Wahrheit gesagt haben. Wir wissen um Ihre hervorragenden Verdienste am Aufbau der Wirtschaft in unserem Reich. Sie sind eine respektierte Persönlichkeit in der Gesellschaft. Unsere Industrie braucht fähige Männer wie Sie.« Obergruppenführer Wagner war auf das Gespräch mit Heinrich Bredow gut vorbereitet und verfügte über genaue Einzelheiten seiner Tätigkeit:

»Sie arbeiten an der Entwicklung eines geheimen, sehr bedeutenden Projektes, das für die Sicherheit unseres Reiches von großer Wichtigkeit sein kann.« Wagner hatte sich von seinem Schreibtisch erhoben und begann in seiner makellosen, schwarzen Uniform auf und ab zu schreiten. Sein geräumiges Dienstzimmer war mit einer großen Hitler-Büste und diversen SS-Symbolen ausgestattet. »Herr Bredow, Sie müssen verstehen, das Wohl des Deutschen Reiches muss über allen persönlichen Interessen stehen, auch wenn sie unsere eigenen Familien betreffen. Allein die Tatsache, dass Sie mit einer russischen Frau verheiratet sind, deren Vergangenheit nicht sehr klar, sondern dubios zu sein scheint, ist ausreichender Beweis für ein Sicherheitsrisiko für unser Reich. Ein Mann in Ihrer Position und mit Ihrem Wissen erfordert eine kristallklare Beurteilung.« Mit gespreizten Beinen, in glänzenden schwarzen Lackstiefeln, blieb Wagner vor Heinrich stehen. »Überdies, Herr Bredow, wurden wir von einem Ihrer Mitarbeiter informiert, dass Sie mit der Politik unseres Führers nicht ganz einverstanden zu sein scheinen. Nach den Kommentaren, die uns übermittelt wurden, reflektieren Ihre Bemerkungen Anzeichen ideologischer Dekadenz. Diese Einstellung widerspricht dem neuen Geist, auf dem wir unser Drittes Reich aufbauen wollen.« Nervös, mit zitternden Händen, zündete sich Heinrich eine Zigarette an, denn er war sichtlich erschüttert. Geziert lächelnd kehrte Wagner zu seinem Schreibtisch zurück. Er hatte seine Trümpfe noch nicht alle ausgespielt: »Sie sehen, Herr Bredow, wir sind äußerst gut informiert, was die Leute so denken ... Lassen Sie mich einen Vorschlag machen, der für uns beide das Problem lösen könnte. Sie verbleiben in Ihrer Position, behalten alle Ihre Vergünstigungen und Privilegien, die Partei sorgt für die Eingliederung Ihrer Söhne in eine unserer Elite-Schulen mit einer elitären Ausbildung ...« Wagner legte siegesbewusst eine künstliche Pause ein, wie ein Torero, der seinem geschwächten Opfer den Todesstoß versetzen will.

»... unter einer Bedingung. Sie müssen sich von Ihrer Frau scheiden lassen!«

Protestierend sprang Heinrich auf: »Was? Das würde Anna töten ... niemals ... niemals würde ich dem zustimmen!« Wagner blieb kühl und gelassen:

»Sie brauchen sich nicht sofort zu entscheiden, Herr Bredow, ich gebe Ihnen eine Woche Zeit darüber nachzudenken. Sollten Sie meine Bedingung ablehnen, müssten Sie von Ihrer Position zurücktreten, womit Sie auch alle Ihre Privilegien und Einnahmen einbüßen, einschließlich Ihr schönes Anwesen samt Personal. Auch wird unsere Reichsregierung Ihr gesamtes Eigentum sowie persönliches Vermögen konfiszieren. Es wird Ihnen nichts mehr bleiben, Herr Bredow! Überlegen Sie es sich gut und teilen Sie mir Ihre Entscheidung mit.« Heinrich stand vor einem totalen Zusammenbruch.

Mit sadistischer Genugtuung genoss Wagner seine perfide Macht über einen Menschen, der in treuer Pflichtausübung bedingungslos seinem Vaterland gedient hatte, der in Ehrfurcht vor dem Leben nicht bereit war, seine Menschlichkeit und den Glauben an die ethischen Werte des Lebens einem machtbesessenen, fanatischen Tyrannen zu opfern. Wagner begann, seinen letzten Trumpf auszuspielen: »Gebrauchen Sie doch Ihren Verstand, Bredow! Denken Sie an die Zukunft Ihrer Söhne, die Teil einer glorreichen Zukunft in einem wieder geborenen neuen Deutschland werden können!« Lange blickte Heinrich Wagner in die Augen:

»Der Preis ist zu hoch, Herr Obergruppenführer. Ich bin nicht bereit, ihn zu zahlen.«

Wagner entnahm ein Foto aus seiner Mappe und reichte es Heinrich mit zynischem Grinsen: »Vielleicht wird das hier Ihre Meinung ändern, Herr Bredow.« Es war ein Foto von Anna und Barankowitsch, das ein Geheimagent im Café Kranzler von ihnen aufgenommen hatte. Ungläubig starrte Heinrich auf das Foto. Wagner kommentierte das triumpierend:

»Dieser Mann ist eine Schlüsselfigur im kommunistischen Geheimdienst!« In hoffnungsloser Verzweiflung versuchte Heinrich, seine Frau zu verteidigen. »Meine Frau war niemals eine Verräterin oder eine Spionin. Dafür würde ich mein Leben geben. Sie wurde in eine Falle geführt.«

Eiskalt konterte Wagner:

»Vielleicht mögen Sie Recht haben, Herr Bredow, aber wie können Sie von mir erwarten, das zu glauben?« Obergruppenführer Wagner schien mit dem Ergebnis seiner Aussprache mit Heinrich Bredow zufrieden. Er war davon überzeugt, dass Heinrich seine Bedingungen erfüllen würde. Es schien ihm unvorstellbar, wegen einer Frau, noch dazu einer Russin, seine Existenz aufs Spiel zu setzen. Seine Strategie, Heinrichs Fähigkeit dem Deutschen Reich zu erhalten und seine unerwünschte russische Frau stillschweigend zu liquidieren, ohne dass in der Öffentlichkeit darüber zwiespältige Diskussionen entstanden, betrachtete er als gelungenen Erfolg.

Zu dieser Strategie gehörte auch, dass Anna zunächst aus der Haft entlassen wurde, weil ihr keine Schuld nachgewiesen werden könne. Heinrich Bredow stand vor der schwersten Krise seines Lebens. Seine Welt war ins Wanken geraten. Wie konnte es passieren, dass in nur wenigen Jahren in diesem Land, wo einmal die humanistische und abendländische Kultur das Denken und die Achtung vor dem Leben bestimmt hatte, plötzlich ein Ungeist des Bösen herrschte?

Nun wurde er vor die Wahl gestellt, einen wertvollen, edlen Menschen zu opfern, weil das Wohl des Deutschen Reiches und sein ideologischer Rassenwahn keine Menschlichkeit duldete. Für »Führer und Vaterland« als höchstes Lebensglück zu leben und zu sterben, war kein persönliches Opfer, sondern eine große Ehre!

Wer dazu nicht bereit war, stellte sich außerhalb der Volksgemeinschaft!

Heinrich Bredow durchlebte in Gedanken noch einmal das Massenmorden in den Schützengräben von Frankreich im Ersten Weltkrieg, das von der obersten Heeresleitung als ehrenhaftes und heldenhaftes Sterben für Kaiser und Vaterland gerühmt wurde. Er erinnerte sich an das Schicksal von Anna und ihrer Familie, sah vor sich Annas durchschossenen Körper im Feldlazarett. Und er spürte, wie sein Blut in Annas Vene floss, das ihr Leben rettete. Er stellte sich den bevorstehenden Krieg vor: noch grausamer, noch mehr Menschenmorden. Er sah mehr Zerstörung, Not, Elend und Leid über Völker und Menschen hereinbrechen als je zuvor. Am Ende würde das deutsche Volk einen hohen Blutzoll zahlen …, und wieder würde man fragen: »Warum und wofür?« Wann würde dieser Teufelskreis von Hass, Gewalt und Krieg endlich durchbrochen werden?

Heinrich befand sich in einer tiefen Lebenskrise und stellte sich viele Fragen.

Was nützten ihm alle seine heldenhaften Tapferkeitsauszeichnungen und Ehrenbekundungen für besondere Verdienste? Ein Parteiabzeichen mit Hakenkreuz im Knopfloch bedeutete eine größere Ehre, als ein Professor Einstein zu sein. Anna aufzugeben, um seinen privilegierten Lebensstandard zu erhalten, würde für ihn eine totale Bankrotterklärung aller menschlichen Werte bedeuten. In diesen Abgrund wollte er nicht hinuntersteigen. Obergruppenführer Wagner und alle, die ihn kannten, sollten wissen, dass es Deutsche gab, die nicht bereit waren, dem neuen Zeitgeist und einer abenteuerlichen Welteroberungspolitik zu folgen. Heinrichs Antwort, dass er sich nicht von seiner Frau Anna scheiden lassen wolle, ließ den eitlen »Herrenmenschen« zornig werden. Wagner war nicht bereit, diese Niederlage hinzunehmen. Seinen Willen mit allen Mitteln durchzusetzen entsprach dem Prestige des Stärkeren. Deswegen wurde seine Androhung, Heinrich Bredows Existenz zu vernichten, um ihn gefügig zu machen, gnadenlos durchgeführt. Wagner war überzeugt, dass jeder Mensch bereit sei zu kapitulieren, wenn man ihn seiner Existenz berauben würde. Heinrich Bredow war für ihn keine Ausnahme.

Um ihre Würde zu erhalten, kämpften Heinrich und Anna mit der Entscheidung, sich das Leben zu nehmen. Die Vorstellung, auch ihre drei lebensfrohen Jungen zu töten, um ihrem Schicksal auszuweichen, schloss diese Möglichkeit entschieden aus. Heinrichs Überlegung einer riskanten, geheimen Flucht ins Ausland, hatte der schlaue Wagner bereits einen Riegel vorgeschoben, indem er Bredows Konten sperren ließ und seinen Tresor beschlagnahmte. Mit drei Kindern ohne Kapital und ohne Hilfe ins Ausland zu fliehen, mit der Gefahr in einem Asylanten- oder Flüchtlingslager zu enden, war keine Alternative. Anna hatte ja diese grausame Erfahrung bereits gemacht. Auch der gute, weise Pfarrer Bonnhof, dem sich Heinrich und Anna anvertrauten, wusste keine Lösung. Er betete für sie, Gott möge ihnen die Kraft geben, diesen bitteren Kelch und ihren bevorstehenden Leidensweg als seinen unerforschlichen Willen anzunehmen.

Das Weihnachtsfest verbrachte die Bredow-Familie ein letztes Mal in ihrem großen und schönen Haus. Im Lichterglanz des von Anna liebevoll, bunt geschmückten Weihnachtsbaumes spielten fröhlich und unbeschwert die Bredow-Kinder mit ihren bescheidenen Geschenken. »Süßer die Glocken nie klingen als in der Weihnachtszeit«, tönte es aus dem Radio. Der Gedanke, dass ihre Kinder bald die gewohnte, freie Umgebung mit Haus und Garten verlassen mussten, um ihre sorglose Kinderwelt mit einer kleinen, beengten Mietwohnung einzutauschen, brach Anna fast das Herz. Sie war außerstande, den Kindern diese Nachricht mitzuteilen. Wie nur sollte sie ihnen die Wahrheit und die Gründe begreiflich machen, dass ihre russische Mutter die Ursache von allem war. Heinrich wusste, welche seelischen Qualen Anna durchlitt, dass sie diese Last nicht mehr tragen konnte und dass sie bereit war, sich von Heinrich zu trennen, um ihre Familie zu retten. »Wir werden dieses Schicksal gemeinsam annehmen«, beschwörte Heinrich seine verzweifelte Frau. »Wir tragen keine Schuld; es ist der Geist des Bösen, der in diesen Menschen herrscht. An diesem werden sie eines Tages zu Grunde gehen.«

Der soziale Abstieg der Familie Bredow

Obergruppenführer Wagner kannte keine Gnade. Seine SS-Schergen überwachten den entwürdigenden Auszug der Familie Bredow aus ihrem stolzen, großzügigen Besitz in Berlin-Grunewald. Die Mitnahme wertvollen Eigentums wurde ihnen untersagt. Mit dieser gezielt inszenierten Demütigung erhoffte sich Wagner Heinrichs Entscheidung, die er als unvernünftigen, romantischen Irrsinn bezeichnete, zu beeinflussen. Neben Wilma durfte auch Max beim Auszug keine Hilfestellung leisten. Der materielle und gesellschaftliche Absturz der Bredows glich einer Verbannung von Aussätzigen, begleitet von Verachtung, Hohn und Spott. Freunde, die einmal um ihre Gunst gebuhlt hatten, betrachteten es als nicht mehr standesgemäß, die Bredows zu kennen. Die neue Elite der NS-Parteigesellschaft, hörige Emporkömmlinge und ehrgeizige Opportunisten mit geringem geistigen Horizont, hatten kein Verständnis für Menschen, in deren Adern kein deutsches Blut floss.

Über ein Jahr war vergangen. Bredows war eine Zweieinhalbzimmer-Wohnung mit Ofenheizung, kleinem Bad und Küche in einem Bezirk der Stadt zugeteilt worden. Diese wurde von Anna mit dem ihnen verbliebenen Mobiliar, persönlichen Gegenständen, Bildern, grünen Pflanzen und bunten Blumen zu einem gemütlichen

Refugium eingerichtet. Wagners unerbittliche Entschlossenheit, Heinrich Bredows Willen durch Schikanen und soziale Erniedrigung zu brechen, war ein ungleicher Kampf, der das Leben der Bredows einer schmerzvollen Zerreißprobe aussetzte. Deren Ausgang ließ nichts Gutes ahnen. Durch die veränderten Lebensverhältnisse war der Alltag der Bredow-Familie ein ständiger Überlebenskampf mit vielen schlaflosen Nächten. Ihre gegenseitige Liebe wurde auf eine harte Probe gestellt.

Gerade hatte Anna mühsam aus dem Kohlenkeller den schweren Korb mit Brennholz und Briketts die steile Kellertreppe hinaufgeschleppt, um den Ofen im Badezimmer zum Wäschewaschen anzuheizen, da wurde sie durch stürmisches Klingeln an der Haustür bei ihrer Arbeit unterbrochen. Aus der Schule heimgekehrt, standen Ludwig und Peter unsicher und verängstigt vor der Tür. Peters Auge war blau geschwollen, seine Lippe blutete heftig. Entsetzt zog Anna ihre Jungen in die Wohnung und fragte, was geschehen sei. »Ach nichts, Mama«, versuchte Peter ihr auszuweichen. Doch Ludwig konnte sich nicht zurückhalten:

»Er hat sich geprügelt, Mama!« Wütend stieß Peter seinem Bruder in die Seite. »Du lügst! Du hast versprochen, nicht darüber zu sprechen.«

»Doch, warum soll sie es nicht wissen?«, protestierte Ludwig. »Sie haben ihn den Sohn einer russischen Sau genannt, Mama, deswegen hat er zugeschlagen. Es gab eine wilde Schlägerei!« Anna nahm es humorvoll: »Das sind nur dumme Jungs, auf die müsst ihr nicht hören!« Ludwig nahm die Hänselei in der Schule jedoch sehr ernst: »Die verspotten uns die ganze Zeit und sagen schlechte Dinge über dich, Mama.« Als Anna versprach, der Vater werde darüber mit dem Schulleiter sprechen, reagierten beide spontan ablehnend: »Nein, bitte Mama, bitte, tue es nicht, das macht alles nur noch viel schlimmer.« »Gut, gut«, beruhigte sie Anna, »vielleicht hat Papa eine bessere Idee.« Die Verhältnisse wurden jedoch für Ludwig und Peter in der Schule immer bedrohlicher, was sich auch auf ihre Leistungen negativ auszuwirken begann. Deshalb suchte Heinrich Bredow nach einer Lösung, dass die Kinder die Schule wechseln konnten.

Bei einem Besuch Pastor Bonnhofs, der besonders in ihren schweren Zeiten zu den Bredows hielt, wurde das Schulproblem der Kinder ausführlich diskutiert. Auch der Pastor war der Meinung, dass ein Schulwechsel die beste Lösung sei. Sein Vorschlag, Ludwig und Peter in einem Internat außerhalb Berlins unterzubringen, deprimierte Anna zutiefst. Sie wollte auf keinen Fall ihre Jungs verlieren.

Pastor Bonnhofs Empfehlung war ein Landschulheim in Zossen, einer kleinen, schönen Provinzstadt, zwei Zugstunden von Berlin entfernt. Er kannte den Direktor des Landschulheims persönlich und war bereit, eine Verbindung zu ihm herzustellen. Ein Besuch bei den Jungs wäre an jedem zweiten Wochenende möglich. Heinrich versuchte Anna davon zu überzeugen, dass Pastor Bonnhofs Vorschlag für Ludwig und Peter wohl zu überlegen sei. Die Jungs könnten endlich wieder allein im eigenen Bett schlafen und nicht wie jetzt zusammengedrängt in einem einzigen. Bei der Frage nach der Höhe der Kosten meinte Pastor Bonnhof, dass er einen Teil der Kosten über eine Kollekte der Gemeinde aufbringen könnte. »Danke, Herr Pastor, aber das würde ich niemals annehmen können«, entgegnete Anna entschieden. »Ich werde arbeiten gehen. Vielleicht kann ich meine alte Stellung in der chemischen Fabrik wiederbekommen. Mischa könnte tagsüber bei Wilma in ihrem neuen Kindergarten bleiben, bis er alt genug für die Schule ist. Außerdem könnte ich auch in Hermanns Gasthaus zwischendurch putzen.« Heinrich, der im Zimmer auf und ab ging, protestierte energisch. »Das werde ich niemals zulassen, Anna. Sobald das Patent für meine neue Konstruktionsidee erteilt wird, werde ich es verkaufen. Du brauchst nicht zu arbeiten, Anna!« »Das kann noch Monate dauern, Heinrich! ... Wir brauchen das Geld aber jetzt!« Heinrich lenkte ein: »Bis dahin werde ich eine Arbeit in der kleinen, mechanischen Werkstatt hier in der Nähe annehmen, die man mir angeboten hat. Auch ich danke Ihnen für Ihr freundliches Angebot, Herr Pastor. Ich möchte nicht, dass Sie mit Obergruppenführer Wagner auch noch Schwierigkeiten bekommen.«

Die erste Trennung von ihren Söhnen nach einer gemeinsamen glücklichen Zeit war für Anna eine neue, qualvolle Erfahrung. Wie lange würde sie noch die Kraft aufbringen können, um nicht an den vielen Schicksalsschlägen zu zerbrechen?

Wehmütig erinnerte sie sich an die letzten Worte ihres Vaters beim Abschied in St. Petersburg: »Weine nicht, meine kleine Annutschka! ... Viele werden durch diesen Krieg leiden. Nur die Starken werden überleben. Und du musst stark sein, Anna. Denn von jetzt an musst du deine Mutter beschützen!« Bei diesen Gedanken fielen ihr auch Pastor Bonnhofs Worte bei seiner letzten Sonntagspredigt ein: »Niemand ist der Herr seines Weges und kein Mensch hat die Macht, den Gang seiner Schritte zu bestimmen.«

Es war schon spät am Nachmittag, als die Hausglocke läutete. Misstrauisch öffnete Anna die Wohnungstür und erstarrte: Ein Mann in SA-Uniform, mit einer Hakenkreuzbinde am braunen linken Ärmel, stand plötzlich vor ihr:

Es war Max, ihr einstiger Chauffeur. Verlegen nahm Max seine SA-Mütze in die Hand und zog ein Päckchen unter seinem Arm hervor. »Entschuldigen Sie bitte, Frau Bredow, ich wollte nicht stören!« Zunächst reagierte Anna fassungslos, doch schnell beherrschte sie sich wieder und begrüßte ihn freundlich:

»Max, welch eine Überraschung, kommen Sie herein!« Verwirrt und verlegen betrat Max die kleine Wohnung, die Anna liebevoll hergerichtet hatte. Ungläubig schweifte sein Blick umher, einige Gegenstände aus dem Herrschaftshaus waren ihm noch vertraut. Kopfschüttelnd blickte er auf Heinrichs kleinen Arbeitstisch in der Nähe des Fensters, beladen mit Zeichnungen und Entwürfen. Gespitzte Buntstifte waren korrekt aufgereiht, so wie es seiner disziplinierten Art entsprach. Anna bat Max, Platz zu nehmen, sie werde inzwischen einen Kaffee für ihn zubereiten. Herr Bredow werde jeden Augenblick nach Hause kommen, er habe vorübergehend eine Arbeit in der Nachbarschaft angenommen. Behutsam legte Max sein Päckchen auf den Tisch; offensichtlich fiel es ihm schwer, die richtigen Worte zu finden:

»Ich habe ein paar Kleinigkeiten mit einer Flasche Wein mitgebracht, die Herr Bredow so gerne mochte.« »Das ist sehr aufmerksam von Ihnen, Max, das wäre aber wirklich nicht nötig gewesen!« Anna spürte, was in Max vorging. Sie versuchte, die bedrückende Stimmung durch Gelassenheit souverän zu überspielen. Kurz darauf öffnete sich die Tür. Heinrich betrat das Wohnzimmer. Als er Max erblickte, blieb er wie angewurzelt stehen. Nicht ohne Sarkasmus bemerkte er erstaunt: »Oh, ich wusste nicht, dass wir einen so hohen Würdenträger zu Besuch haben. Ich sehe, Sie haben die Uniform gewechselt!« Max war respektvoll aufgestanden. Beschämt erklärte er seinem ehemaligen Chef:

»Ich hatte keine andere Wahl, Herr Bredow. Wenn ich nicht in die Partei eingetreten wäre, hätte ich meine Stellung verloren!« »Damit haben Sie von uns beiden die bessere Wahl getroffen«, erwiderte Heinrich verbittert. Anna brachte gerade das Kaffeegeschirr aus der Küche. Sie fühlte sich von Heinrichs bitterer Bemerkung tief verletzt. Max war bemüht, Anna gegenüber sein Mitgefühl zu beteuern. Er betonte, wie bestürzt er war, dass der junge Student, den er ihr vorgestellt hatte, mit dem Untergrund verwickelt war. Anna reagierte versöhnlich:

»Ich glaube Ihnen, Max, man suchte nach einem Grund, mich zu erpressen. Die hätten in jedem Fall einen gefunden.« »Als mein Freund damals hörte, dass die Gestapo seinen Sohn verhaftete und was mit Ihnen geschehen war, erlitt er einen Herzanfall und starb.« »Es tut mir Leid, das zu hören, Max.« Heinrich wechselte das Thema: »Wie läuft es in der Firma?« Ausführlich berichtete Max über die Veränderungen im Betrieb:

»Man arbeitet inzwischen bereits in drei Schichten. Viele Ihrer alten Kollegen, Herr Bredow, fragen oft nach Ihnen. Sie hoffen, dass Sie bald zurückkehren.« Mit traurigem Blick schaute Anna auf Heinrich, der einige Entwürfe mit seiner letzten Erfindung von seinem Schreibtisch holte: »Ich habe eine neue Turbo-Prop-Maschine entwickelt, es wird die Flugtechnik revolutionieren.« Er zeigte Max seine Zeichnungen. »Sie sind ein solches Genie, Herr Bredow. Es ist eine Schande, dass Sie nicht mehr in der Firma sind.« »Erinnern Sie sich, Max, was ich Ihnen einmal gesagt habe? Zu viel Macht in einer Hand ist gefährlich! Hitler ist kein Mann des Friedens. Er ist ein Mann des Krieges! Genau deswegen setzt er alle Kräfte für die Waffen- und Rüstungsindustrie ein. Nur ein total blinder Ignorant kann so blöd sein, nicht zu sehen, dass Deutschland vor einem Zweiten Weltkrieg steht. Dieser Krieg kann nur in einem totalen Disaster enden!« Max rutschte auf seinem Stuhl hin und her, so als fühle er sich nicht mehr wohl in seiner Haut. »Auch ich habe große Zweifel, Herr Bredow, aber Sie müssen sehr vorsichtig sein. Es ist in diesen Tagen sehr gefährlich zu sagen, was man denkt. Die Parteiführung droht an, jeden zu verhaften, der den Führer kritisiert.« Heinrich verzog spöttisch sein Gesicht: »Nun dann, Max, ... Sie haben ein Opfer!« Max reagierte verletzt:

»Herr Bredow, Sie wissen, wie sehr ich Sie respektiere. Ich würde alles für Sie tun. Aber die Parteispitzel sind überall. Sie können niemandem mehr trauen!«

Aus besonderem Anlass veranstaltete das Landschulheim in Zossen ein Gartenfest, an dem auch die Eltern der Heimschüler teilnehmen sollten. Anna konnte es kaum erwarten, ihre beiden Söhne endlich wiederzusehen. Doch es gab eine folgenschwere Überraschung, die nicht einmal von Pastor Bonnhof vorausgesehen werden konnte, mit dessen Unterstützung die Aufnahme von Ludwig und Peter im Landschulheim erst möglich gemacht worden war. Der bisherige Heimschulleiter, Professor Johannes Lenz, war kurzfristig von seinem Amt abberufen und durch Adolf Brennecke, ein jüngeres N.S.-Parteimitglied ersetzt worden. Im Gegensatz zu Professor Lenz, der eine humanistisch, liberale Weltanschauung vertrat, gehörte Adolf Brennecke zu den überzeugten, ehrgeizigen N.S.-Staatsdienern des Dritten Reiches, der persönlich Wert darauf legte, die deutsche Jugend frühzeitig zu getreuen Anhängern des Führers zu erziehen. Das Gartenfest sollte dem Zweck dienen, den Eltern bereits eingeführte Erneuerungen durch den neu ernannten Heimleiter, im Geiste der neuen Zeit, zur Kenntnis zu bringen. Im Veranstaltungsprogramm war, neben der Besichtigung von Unterkunft und Klassenräumen, eine feierliche Fahnenweihe vorgesehen.

Die Lage des Landschulheims am Waldrand außerhalb der Stadt in gepflegter Umgebung mit Grün- und Sportanlagen, täuschte zunächst über die veralteten Gebäude und mangelhaften sanitären Einrichtungen hinweg, woran auch die mächtigen roten Hakenkreuzfahnen, die zur Dekoration die Fassaden verdeckten, nichts änderten. Viele Eltern und Verwandte waren bereits eingetroffen und wurden von den Heimzöglingen freudig begrüßt. Es herrschte eine fröhliche Stimmung. Unter schattigen Kastanienbäumen servierten emsige junge Mädchen in weißen Blusen Kaffee und Streuselkuchen auf bunt gedeckten Gartentischen. In kleinen Gruppen saßen Heimschüler im Halbkreis auf dem Rasen und probten unter der Leitung eines Lehrers schneidige Kampflieder. Sie trugen neue »Hitlerjugend-Uniformen«, kurze, schwarze Hosen mit braunen Hemden, Schulterriemen, dazu eine Lederkoppel mit Fährtenmesser. Heinrich Bredow traute seinen Augen nicht, als er erkennen musste, dass seine Söhne offensichtlich statt in einem privaten Schulheim, in einer Nationalsozialistischen Erziehungsanstalt gelandet waren.

Anna hatte inzwischen an einem der leeren Tische Platz genommen. Während Heinrich sich auf die Suche nach seinen Söhnen Ludwig und Peter machte, begegnete er Schulleiter Adolf Brennecke, den er sofort in ein persönliches Gespräch verwickelte. Ludwig und Peter entdeckten Anna allein an ihrem Tisch sitzend und eilten, ihre Mutter zu begrüßen, die ungeduldig auf sie wartete. Nach einer liebevollen, stürmischen Umarmung fuhr es Anna kalt über den Rücken. Sie wollte es nicht glauben: Ihre Söhne trugen eine »Hitlerjugend-Uniform«. Peter stellte sich vor seine Mutter und präsentierte stolz sein Fährtenmesser, das an seinem Gürtel befestigt war und zog dabei die blanke Klinge mit eingravierter Aufschrift aus der Scheide. Verstört fragte Anna, was die Aufschrift bedeute. Mit heftig aggressivem Unterton rief Ludwig laut: »Blut und Ehre, Mutter!« Annas Blick fiel auf die Hakenkreuz-Binde an Ludwigs Ärmel und sie schüttelte ungläubig ihren Kopf:

»Bist du dir darüber im Klaren, Ludwig«, fragte sie mit trauriger Stimme, »dass deine Uniform mit dem Hakenkreuz von den Leuten stammt, die unser Leben zerstört haben?« Ludwig reagierte in einem von ihm bisher noch nie gekannten, arroganten Ton: »Klage nicht die anderen an, Mama, du …, nur du allein hast unser Leben zerstört. Wir haben unser Haus, unsere Freunde, sogar unsere Ehre deinetwegen verloren. Du hast Schande über unser Leben gebracht!« Anna war wie paralysiert. Sie fühlte einen tiefen Schmerz, als ob Peters Fährtenmesser ihr Herz durchbohrt hätte. Ludwig zog seinen jüngeren Bruder am Arm:

»Lass uns gehen, Peter, die warten schon auf uns.« Peter versuchte, seine Mutter zu trösten: »Sei nicht traurig, Mama, wir haben jetzt ein Zuhause, mit vielen neuen Freunden. Weihnachten werden wir euch besuchen kommen.« Die beiden Jungs rannten zu einer Gruppe von Schülern, die sich in Reih und Glied aufstellen mussten.

Als sie beim Schulleiter vorbeikamen, der noch mit Heinrich in einem ernsten Gespräch vertieft war, erhob Ludwig seinen rechten Arm zum »Heil Hitler«-Gruß. Versteinert blickte Heinrich seinen beiden Söhnen nach.

Anna war einem Zusammenbruch nahe. Verzweifelt, unfähig sich zu erheben, schaute sie nach Heinrich, der immer noch auf Adolf Brennecke einredete. Ohne Umschweife äußerte Heinrich sein Befremden darüber, dass ein angesehenes Privatinstitut wie dieses, neuerdings der Leitung der NSDAP-Parteiführung unterstellt zu sein schien, wofür man sich auch noch bezahlen ließ. Mit großem Selbstbewusstsein erklärte Schulleiter Adolf Brennecke:

»Unsere deutsche Jugend ist die Zukunft unseres Großdeutschen Reiches, Herr Bredow.« »Befürchten Sie nicht, dass die Kinder zu sehr ihren Familien entfremdet werden?«, bemerkte Heinrich besorgt. Schulleiter Brennecke war entrüstet, denn es sollte von den Eltern als Ehre betrachtet werden, dass ihre Kinder eine neue Heimat in einer neuen Familie gefunden hätten, wo der geliebte Führer Adolf Hitler ihr wirklicher Vater sei. Heinrich Bredow sah keinen Sinn mehr, die frustrierende Unterhaltung fortzusetzen: »Das ist sehr interessant, was Sie mir da alles berichten, Herr Brennecke!« Sich verabschiedend stellte er ihm noch die Frage: »Haben Sie eigentlich eigene Kinder, Herr Brennecke?« Verunsichert stammelte der Schulleiter:

»Nein, ich bin nicht verheiratet, Herr Bredow.« »Das überrascht mich nicht«, erwiderte Heinrich und verließ missmutig den irritierten Schulleiter.

In sich zusammengesunken, mit kreideweißem Gesicht und verweinten Augen, saß Anna einsam an ihrem Tisch, als Heinrich sichtlich verärgert neben ihr Platz nahm.

»Was ist geschehen, Anna?«, fragte er sie beunruhigt. Um ihn nicht noch zusätzlich zu verärgern, erzählte Anna ihr Erlebnis mit den Kindern nur unvollständig, wobei sie Ludwigs vernichtende Anklage nicht erwähnte. »Ich habe Angst, dass wir unsere Kinder verlieren werden, Heinrich«, sagte Anna weinerlich. Heinrich drückte sie fest an sich. »Diesen Triumph werde ich Herrn Obergruppenführer Wagner nicht überlassen, wir werden eine andere Lösung finden.«

Zu der angekündigten Fahnenweihe waren die Schüler in einer Dreier-Reihe angetreten, unter ihnen Ludwig und Peter. Junglehrer Heinemann gab mit erhobener Hand ein Zeichen für das Weihelied: In strammer Haltung sangen unschuldige, halbwüchsige Kinder mit leuchtenden Augen einen Text, dessen Sinn sie nicht verstanden. Der Text lautete:

»Unsere Fahne flattert uns voran … Unsere Fahne ist die neue Zeit … Unsere Fahne ist mehr als die Ewigkeit … Unsere Fahne ist mehr als der Tod …« Der Refrain endete mit »Führer, wir gehören dir.«

Heinrich Bredow hatte endgültig begriffen, dass die deutsche Jugend mit ihren unverbrauchten Idealen keine Chance hatte, dem Sog des neuen Geistes, einer neuen Zeit zu entkommen. Die Begeisterung einer unschuldigen Jugend, die eine geschickte, psychologische Propaganda zu entfalten verstand, war nicht mehr umkehrbar. Heinrich Bredow musste dabei an seine eigene Jugend denken, an die euphorische Begeisterung seiner Generation bei der Mobilmachung des Kaisers zum Ersten Weltkrieg.

Es war Sonntagmorgen. Anna und Heinrich verließen die St. Lukas-Pfarrkirche nach der Gottesdienstfeier und bewegten sich durch die Menge zum Vorplatz. Sie hatten vorher mit Pastor Bonnhof verabredet, sich zu einem Gespräch über die Schulsituation von Ludwig und Peter zu treffen. Ihre Anwesenheit löste bei den Kirchgängern große Neugierde aus. Einige wandten sich betont zur Seite, um einer Begegnung aus dem Wege zu gehen. Klatschbasen kannten nur ein Thema: Die Schande, die diese Russin über ihre Familie gebracht habe. Noch dazu besäße sie auch die Unverfrorenheit, sich in der Öffentlichkeit zu zeigen. »Der arme Mann, es ist völlig unbegreiflich, dass er sich von dieser Person nicht scheiden lässt.« Eine besonders gottesfürchtige Beterin wusste darauf eine Antwort: »Sie muss eine fremde Macht über ihn haben, sonst hätte er niemals seine hohe Position und Karriere geopfert, um so tief zu fallen.« Wieder andere lästerten: »Sie ist eine selbstsüchtige Russin, die weder Anstand noch Verantwortungsgefühl für ihre Familie besitzt.« »Ich kann einfach nicht verstehen, dass Pastor Bonnhof sie nicht schon längst aus der Kirchengemeinde ausgeschlossen hat«, ereiferte sich eine andere treue Kirchgängerin.

Wie viel Demut und gottergebene Opferbereitschaft muss ein Mensch aufbringen, um sein leidvolles Schicksal zu ertragen? Wenn er es wirklich in der Hand hat, sein Schicksal selbst zu gestalten, worin besteht dann seine Schuld? Was hatte er falsch gemacht?

Anna durchlitt eine verzweifelte Gewissenskrise, die sie tief deprimierte. Musste sie nun für die Jahre ungetrübten Glücks diesen hohen Preis bezahlen?

Warum, wer bestimmte darüber? War SS-Obergruppenführer Wagners irdische Macht die einzige Instanz, die über ihr Leben entschied? Wenn allein sie der Grund dafür war, dass ihre Familie litt und zerbrach, hatte sie dann noch ein Anrecht auf ihre Familie oder war ihre Liebe wirklich nur ein selbstsüchtiger Egoismus? Woher nahm ein Staat das Recht, eine »Russin« zu verfolgen, weil slawisches Blut in ihren Adern floss? Was unterschied dieses von deutschem Blut? Anna konnte nicht begreifen, warum die Blutzugehörigkeit entscheidend für die Volkszugehörigkeit sein sollte. Plötzlich fühlte sie sich als Fremde – wie eine ausgestoßene, unerwünschte Ausländеrin. Sie musste dabei an Barankowitsch denken. Er hatte es ihr im Café Kranzler prophezeit. Ihre bisherige Geborgenheit wich einem Gefühl der Angst vor der Einsamkeit ohne Zukunft. Zum ersten Mal verspürte Anna Sehnsucht und Heimweh nach den Wurzeln ihrer Kindheit. Unruhig wälzte sie sich in ihrem Bett. Sie musste eine Entscheidung treffen. Wie lange noch würde Heinrich die Kraft aufbringen, sein zerstörtes Leben ihretwegen hinzunehmen? Ludwigs hasserfüllte Anklage gegen seine Mutter konnte Anna nicht überwinden. Sie fragte sich ernsthaft, ob ihre Familiengemeinschaft die Prüfungen, die das Leben ihnen auferlegt hatte, bestehen würde.

Heinrich arbeitete bis spät am Abend an seinen Entwürfen, bis er die Tischlampe löschte und sich bei Anna unter ihrer warmen Bettdecke anschmiegte. Als er merkte, dass Annas Augen noch hellwach waren, nahm er sie in die Arme, um ihr etwas zu sagen. »Du bist eine außergewöhnliche Frau, Liebling! ... Ich bewundere, mit welcher Geduld du mit jeder neuen Situation in unserem Leben fertig wirst.« Beiden war es entgangen, dass Mischa, ihr jüngster Sohn, sein Bett verlassen hatte, um an der Tür seiner Eltern zu lauschen. Anna nahm die Gelegenheit wahr, ihrem tapfer sein Schicksal ertragenden Mann ihre Gedanken anzuvertrauen: »Heinrich, ich muss dich etwas fragen. Ich habe dir kein Glück gebracht. Ich habe mir nie vorstellen können, dass du durch mich jemals in diese Lage kommen könntest. Ich weiß, wie sehr du darunter leidest und was das alles für dich bedeutet. Ich liebe dich sehr, Heinrich. Wäre es für dich und die Kinder nicht vernünftiger, wenn wir uns trennen?« Obwohl Heinrich darüber schon viel nachgedacht hatte, widersprach er vehement: »Niemals, davon will ich nichts hören!« Zärtlich streichelte er Annas Wangen: »Was ist denn eine Liebe wert, wenn sie keine Mühsal und Krisen im Leben bestehen kann? Wenn unsere Liebe und unser Glaube dahinschwinden, wenn wir sie am meisten benötigen, dann gibt es keine Hoffnung, Anna. Und ein Leben ohne Hoffnung hat keine Zukunft.« Liebevoll lächelnd erinnerte er Anna daran, dass sein Blut in ihren Adern floss:

»Wie könnte ich ohne dich leben?« Annas Augen füllten sich mit Tränen. Ihre Lippen begannen zu zittern. »Anna, mein Liebling, wir standen gemeinsam auf einem hohen Berggipfel ..., nun werden wir auch gemeinsam durch das von Dämonen beherrschte, finstere Tal schreiten!« Sie umarmten sich innig und küssten sich, als wäre es das erste Mal.

Der Alltag der Bredows nahm seinen Lauf. Heinrich bemühte sich bei der Patentbehörde, um die Erteilung des Patents für seine Arbeit zu beschleunigen. Durch die Erstveröffentlichung war auch die Geschäftsleitung der Gesellschaft, der Heinrich viele Jahre angehörte, über Heinrich Bredows Patent unterrichtet. Es gab darüber eine Vorstandssitzung, ob die Gesellschaft das Patent erwerben sollte. Einige Vorstandsmitglieder, deren Sympathien nicht gerade auf Heinrich Bredows Seite standen, waren der Meinung, dass Bredows geistiges Eigentum während seiner Tätigkeit in der Gesellschaft erworben worden war, wodurch die Gesellschaft einen Rechtsanspruch auf sein Patent geltend machen könne. Bis diese Frage juristisch nicht geklärt sei, könne er das Patent nicht verwerten. Ein Patentprozess konnte lange dauern und war sehr kostspielig. In seiner Situation konnte sich Bredow ein so teures Verfahren nicht leisten, das hieß, er musste die Bedingungen seiner ehemaligen Firma akzeptieren.

Anna bewarb sich inzwischen um eine Anstellung in der alten Firma, bei der sie nach ihrer Ankunft in Berlin durch Marthas Verbindung gearbeitet hatte und erwartete deren Bescheid. Am Nachmittag brachte Wilma, die getreu zu den Bredows hielt, Mischa aus dem Kindergarten zu Anna in die Wohnung. Sie nahm ihren jüngsten Sohn in die Arme und überhäufte ihn mit Küssen. Anna wollte von Wilma wissen, wie sie mit Mischa zurechtkäme. »Mischa ist ein außergewöhnlicher Junge, Frau Bredow, alle im Kindergarten mögen ihn.« Lachend fügte Wilma hinzu: »Ich habe ihn so lieb gewonnen, als ob er mein eigener Sohn wäre.« Eine Spur von Traurigkeit betrübte Annas Gesicht:

»Danke, Wilma, es ist gut zu wissen, dass sich Mischa in guten Händen befindet.«

Am Abend brachte Anna ihren Sohn, dem sie ihre ganze Liebe widmete, mit einem Gute-Nacht-Kuss ins Bett. Mischa schien beunruhigt und streckte die Arme nach seiner Mutter aus: »Mama, ich habe dich so lieb …, bitte verlass mich nicht!« Anna begriff sofort, dass Mischa ihre Unterhaltung mit Heinrich gehört haben musste. Mischas kindliche Bitte berührte ihr Herz. »Mein Liebling, dein Leben bedeutet mir mehr als mein eigenes. Meine Liebe wird immer mit dir sein, so wie Großmutters und Großvaters Liebe in mir ist. Eines Tages, wenn ihr Jungens erwachsen seid, werdet ihr verstehen, wie sehr ich euch geliebt habe.«

Anna küsste noch einmal ihren Sohn, verließ das Zimmer und schloss hinter sich die Tür. Vom Schmerz überwältigt fiel sie auf die Knie, ihr Körper begann heftig zu zittern, sie konnte ihre Tränen nicht mehr zurückhalten.

Verbittert las Heinrich das Schreiben, das ihm die Rechtsabteilung seiner ehemaligen Firma geschickt hatte. Das Schreiben nahm Bezug auf die Veröffentlichung seines angemeldeten Patents. Die Juristen vertraten den Standpunkt, dass Heinrichs Patent noch während seiner Vertragszeit bei der Gesellschaft entwickelt worden war und somit hätte die Gesellschaft einen Anspruch auf die Verwertung seines Patents. Selbstverständlich wäre man an einer außergerichtlichen Einigung interessiert. Zur Verhandlung über einen Vergleich mit seinem Rechtsvertreter wurde kurzfristig um Mitteilung eines Besprechungstermins gebeten. Bei einem Rechtsstreit hätte Heinrich alle Chancen gehabt, den Beweis zu führen, den Anspruch der Gesellschaft zu widerlegen, da weder im Produktionsprogramm noch in der konzipierten Entwicklungsplanung der Firma die Idee, die zu dieser Patentreife geführt hatte, jemals zur Diskussion stand. Heinrich war sich jedoch darüber im Klaren, dass man ihn in die Zange nehmen wollte. Gegen die Macht des Monopols war jeder Einspruch hoffnungslos.

Anna machte sich über Heinrichs Verbitterung, dass man ihm nun auch noch sein geistiges Eigentum streitig machen wollte, große Sorgen. Immer öfter verbrachte er ganz gegen seine Gewohnheit lange Abende am Stammtisch in »Hermanns Gasthaus« beim Skatspielen und begann zu trinken. Ihr Schuldgefühl, dass sie alleine die Ursache für Heinrichs zunehmende Persönlichkeitsveränderung wurde, verzehrte ihre Kräfte. Bereit, jedes Opfer zu bringen, um Heinrich und die Kinder zu retten, unternahm sie in ihrer Verzweiflung einen letzten Schritt. Sie bat SS-Obergruppenführer Wagner um eine persönliche Unterredung.

Zwei blauäugige, hünenhafte SS-Wachen mit versteinerten Gesichtern begleiteten Anna durch eine gigantische Säulenhalle mit lebensgroßen Hitler-Porträts, über polierten Marmorboden bis zu SS-Obergruppenführer Wagners Dienstzimmer. Mit geheuchelter Höflichkeit erhob sich Wagner von seinem Schreibtischsessel, um Anna zu begrüßen und forderte sie auf, Platz zu nehmen. Es war der gleiche Stuhl vor Wagners überdimensionalem Schreibtisch, vor dem damals Heinrich seine qualvolle, schicksalsentscheidende Aussprache geführt hatte. Kühl, jede Annäherung meidend, bemerkte Wagner erfreut, dass Bredows Frau aus eigenem Entschluss den Weg zu ihm gefunden hatte. Gönnerhaft grinsend meinte er, dass dies nur selten vorkomme und deswegen vermute er, dass Anna ihm bestimmt etwas Wichtiges zu sagen habe. Für den bevorstehenden Kampf mit dem Großinquisitor der Macht nahm Anna ihre ganze Kraft zusammen, um standhaft zu erscheinen:

»Herr Obergruppenführer, ich möchte, dass Sie mir helfen, meine Familie zu retten!«

Wagner reagierte scheinheilig mit Erstaunen: »Aber Frau Bredow, ich glaube, Sie missverstehen Ihre Situation. Die einzige Person, die Ihrer Familie helfen kann, sind Sie allein!« Bescheidenheit vortäuschend suchte Wagner sich in Annas Gunst zu setzen, indem er Heinrichs Integrität sowie seine Verdienste fürs Vaterland hervorhob. Genau das sei der Grund, weshalb sie sich der Gastfreundschaft und der Freiheiten ihres deutschen Gastlandes erfreuen könne. Als Ehefrau eines deutschen Staatsbürgers würde sie durch das Gesetz geschützt. Mit sarkastischem Unterton stellte Anna eine direkte Frage: »Falls ich bereit wäre, die Gastfreundschaft und die Freiheiten meines deutschen Gastlandes aufzugeben, wären Sie dann bereit, meinem Mann behilflich zu sein, seine frühere Position und seinen sozialen Status wiederzuerlangen?« Wagner antwortete Anna mit einem teuflischen Grinsen: »Ich bin sehr von Ihrem gesunden Menschenverstand und Ihrer Logik beeindruckt, Frau Bredow. Liege ich richtig in der Annahme, dass Sie die Absicht haben, sich von Ihrem Mann scheiden zu lassen?« Anna wusste, dass jetzt alles von ihrer Antwort abhängen würde. Mit letzter verbleibender Kraft stellte sie Wagner die Frage:

»Welche Garantie können Sie mir geben, dass meine Familie wieder in normalen Verhältnissen leben kann, wenn ich mich scheiden lasse, Herr Obergruppenführer?«

Siegesbewusst lächelnd genoss Wagner seinen Triumph, obwohl es noch nie jemand gewagt hatte, eine Garantie von ihm zu fordern. »Wie ich bereits erwähnt habe, Frau Bredow, sind Sie das einzige Hindernis. Sie alleine sind die Garantie.« Wagner spitzte seine Lippen und nach einer Pause fuhr er in sachlichem Ton fort: »Nachdem Sie geschieden sind, werden wir schon irgendwo einen Platz für Sie finden!« Ausdruckslos starrte Anna auf SS-Obergruppenführer Wagner: »Sie meinen wohl irgendwo in einem Konzentrationslager?« Wagner zeigte keine Reaktion. Anna war von ihrem Stuhl aufgestanden, um wortlos den Raum zu verlassen. An der Tür drehte sie sich noch einmal um:

»Haben Sie noch etwas zu sagen, Frau Bredow?« »Herr Obergruppenführer, Sie können in Ihren Konzentrationslagern so viele Opfer, wie Sie wollen, verfolgen, foltern und töten. Aber auch Ihre Macht hat Grenzen. Denn eines können Sie nicht. Sie werden niemals in der Lage sein, die Liebe einer wirklichen Frau zu zerstören!«

Seinen Respekt vor der Kühnheit dieser Frau verbergend, verabschiedete er Anna mit einem kurzen Händedruck.

Nach der Unterredung mit SS-Obergruppenführer Wagner war es offensichtlich, dass Anna ihrem Schicksal nicht mehr entgehen konnte. Ihre Tage in Freiheit gingen dem Ende entgegen. Ungewiss blieb die Zukunft von Heinrich und den Kindern. Anna wusste, dass sie Wagner nicht trauen konnte. Trotzdem wollte sie durch eine Scheidung das Leben von Heinrich und den Kindern erleichtern. Ihr Treffen mit Wagner hatte sie bisher Heinrich verschwiegen. Denn sie wusste, er hätte ihren Entschluss niemals gutgeheißen. Er war überzeugt, dass Wagner auf die Erfüllung seiner Bedingung bestand, sonst würde er selbst bald zu Wagners Opfern zählen.

Der einzige Mensch, dem Anna sich in ihrer hoffnungslosen Lage noch anvertrauen konnte, war Pastor Bonnhof. Wagners Spitzel hatte allerdings auch ihn bereits ins Visier genommen, weil seine Predigten gegen Hass, Gewalt und Unterdrückung von Gewissensfreiheit sich dem neuen Geist des göttlichen Führers widersetzten.

Nachdem Anna und Heinrich das erste Mal ihren Hochzeitstag nicht wie bisher im YAR-Restaurant zelebrieren konnten, wollte Anna den für sie wichtigen Tag nicht unbeachtet vorüber gehen lassen. Trotz der bescheidenen Wohnverhältnisse gelang es ihr, eine kultivierte, gemütliche Atmosphäre für sich und ihren Mann zu schaffen.

Am Abend dekorierte sie einen kleinen Tisch mit zwei Gedecken, Kerzenleuchtern und üppigem Blumenarrangement, stellte eine Flasche von Heinrichs Lieblingschampagner kalt, den er immer im YAR zu bestellen pflegte, und bereitete ein spezielles »Gourmet-Essen« vor. Es war ein Luxus, den sie sich sonst nicht mehr leisten konnten. Neben den Kerzenleuchter stellte sie ein gemeinsames Hochzeitsfoto im Silberrahmen mit handgeschriebenem Liebesgruß. Auch Heinrichs altes Grammofon, von dem er sich nicht trennen wollte, dazu von ihm ausgewählte Schellack-Platten russischer Lieder, platzierte sie auf einem Nebentisch.

Mit ihren frisch frisierten Haaren und in einem immer noch schönen alten Abendkleid sah sie bezaubernd aus. Damit sie beide einmal für sich alleine sein konnten, verbrachte Mischa das Wochenende bei Wilma. Es sollte für sie ein »harmonischer Abend« werden, losgelöst von allen Bedrängnissen und Sorgen. Anna konnte es kaum erwarten, Heinrich mit ihrer Erscheinung und all den vorbereiteten Dingen zu überraschen. Sie ahnte nicht, dass Heinrich gerade an diesem Abend sein neu entdecktes Lokal »Hermanns Gasthaus« besuchte, wo er inzwischen ein gern gesehener Gast war, um sich beim Skatspielen mit Bier und Schnaps abzulenken.

»Fritze Hermann«, der etwas kurz gewachsene, sympathische Wirt mit rötlichem Haar und kleinen lebendigen Schweinsaugen, kannte Heinrichs und Annas Schicksal. Er bezeugte ihnen gegenüber großen Respekt und war stets hilfsbereit. Die Tatsache, dass Heinrich als exzellenter Klavierspieler gelegentlich seine Gäste unterhielt, wussten der kleine Wirt und seine gutmütige Frau sehr zu schätzen. Die Folge war jedoch, dass Heinrich Bredow immer wieder unter Beifall zum Spielen gedrängt wurde. Heinrich hatte sich von seinen Tischnachbarn verabschiedet und bewegte sich händeschüttelnd zum Ausgang, als er von einigen Gästen stürmisch gebeten wurde, ihnen noch ein romantisches Klavierstück vorzuspielen. Das Radio mit plärrender Marschmusik wurde abgestellt und umringt von erwartungsvollen Gästen spielte Heinrich als erstes das Klavierkonzert von seinem Lieblingskomponisten Tschaikowsky. Sofort ertönten laute Proteste aus einer isolierten Ecke, wo braun uniformierte SA-Männer saßen, die kurz zuvor eingetroffen waren. Wütend schrie laut ein SA-Mann:

»Aufhören, aufhören mit dieser dekadenten Schundmusik! Wir wollen unsere deutsche Musik hören.«

Die anwesenden Gäste waren geteilter Meinung, wobei die aggressive Stimmung in eine Schlägerei ausartete. Der kleine, stämmige Fritze Hermann drohte laut die Polizei zu rufen und das Lokal zu schließen. Angewidert von dieser gewalttätigen Rauferei verließ Heinrich das Lokal.

Es war bereits kurz vor Mitternacht. Einsam und verloren saß Anna an dem von ihr mit aller Liebe hergerichteten, weiß gedeckten Tisch. Die Kerzen waren bereits zur Hälfte abgebrannt. Ihre Augen mit Tränen gefüllt, den Kopf in die Hände gestützt, begann sie bitterlich zu weinen. Verärgert über das braune Proletariat, das in der Öffentlichkeit immer dreister auftrat, stolperte Heinrich angetrunken ins Wohnzimmer. Anna war beim letzten aufflackernden Kerzenschein eingeschlafen. Wie betäubt stand Heinrich vor dem festlich dekorierten Tisch, als Anna erwachte und ungläubig auf ihren angetrunkenen Mann starrte, der völlig verwirrt stammelte:

»Was ist denn hier los?« »Heute ist unser Hochzeitstag, Heinrich. Wir hatten uns gegenseitig versprochen, ihn jedes Jahr zu feiern. Ich dachte, du würdest dich erinnern«, sagte Anna, sichtbar enttäuscht. Plötzlich ernüchtert, begriff Heinrich die Situation und sein Benehmen. Beschämt und niedergeschlagen brach er in Tränen aus. Es war das erste Mal, dass Anna diesen stolzen, starken Mann weinen sah. »Oh, Anna, was ist mit mir geschehen? Was ist nur aus mir geworden? Ich habe meine Würde verloren. Ich schäme mich, bitte Anna, vergib mir!« »Du brauchst dich nicht zu schämen. Es ist alles meine Schuld. Ich allein muss einen Ausweg finden. Ich kann dich und unsere Kinder nicht mehr länger zerstören!« »Du bist mein Leben, Anna, ohne dich könnte ich nicht existieren«, sagte Heinrich, der sich wieder unter Kontrolle hatte. Um ihren Mann davon zu überzeugen, dass ein Leben mit ihr für ihn eine akute Gefahr bedeutete, griff Anna zum letzten Mittel, das ihr noch blieb.

»Heinrich, ich werde dir jetzt etwas sagen, das deine Meinung ändern wird. Meine Mutter war Jüdin, und ich habe jüdisches Blut in mir. Du weißt, was geschehen wird, sobald Obergruppenführer Wagner davon erfährt. Deswegen ist es für dich und die Kinder besser, wenn wir uns scheiden lassen.«

Leidenschaftlich umarmte Heinrich seine Frau:

»Was soll das heißen, du hast jüdisches Blut in dir? Ich glaube dir kein Wort. Und wenn, was heißt das schon. Dein Blut ist genauso rot wie meines. Dieser verdammte Rassenwahn ist eine kranke Idee von verdrehten Köpfen. Millionen von Nichtjuden in der ganzen Welt beten den Sohn Gottes an, der ein Jude war.« »Aber diese kranke Idee, Heinrich ..., und du weißt es. Millionen von Menschen identifizieren sich mit dieser kranken Idee.« »Natürlich weiß ich das, Anna. Und ich mache mir große Sorgen, dass diese kranke Idee für unser Volk in einer großen Katastrophe enden wird.« »Und auch für unsere Familie, Heinrich. Wir müssen realistisch sein, wir haben keine Chance mehr.« »Ich bin realistisch, Anna. Deswegen musst du mir versprechen, es niemals wieder zu erwähnen. Weder bei mir, noch bei sonst jemandem. Bitte, Anna, hast du mich verstanden?«

Der Bescheid über Annas Anfrage um eine Anstellung bei der chemischen Fabrik war positiv. Die Firma war inzwischen modernisiert worden und die Arbeitsverhältnisse sowie der Lohn waren weitaus besser als in den Jahren zuvor. Heinrich hatte sich mit dem Patentanwalt, den er von früheren Jahren gut kannte, arrangiert, die Vergleichsverhandlung wegen der Patentübernahme mit seiner alten Gesellschaft auf Erfolgshonorar-Basis für ihn zu führen.

Gerade als Anna von der Fabrik nach Hause kam, erschien Wilma mit Mischa etwas früher als gewöhnlich. Wilma war besorgt über Mischas Gesundheitszustand. Seine Temperatur war erhöht, deswegen empfahl sie, Mischa solle am nächsten Tag im Bett bleiben. Vielleicht könnte Herr Bredow sich seiner annehmen, während Anna zur Arbeit gehe. »Morgen ist mein Mann den ganzen Tag in der Stadt, Wilma. Aber es ist kein Problem, ich wurde zur Nachtschicht eingeteilt. Sollte es Mischa schlechter gehen, werde ich versuchen, in der Klinik eine Medizin für ihn zu besorgen.« Für den Fall, dass Schwierigkeiten entstehen würden, gab ihr Wilma vorsorglich die Adresse von Doktor Meyer, der ganz in ihrer Nähe wohnte. »Er ist ein ausgezeichneter Kinderarzt, früher betreute er auch den Kindergarten«, beteuerte Wilma. »Die N.S.-Partei hat seine Praxis geschlossen, weil er Jude ist.« »Es ist eine Schande«, schimpfte sie, »er war immer hilfsbereit, die Kinder haben ihn alle lieb gehabt. Wie kann man so einem guten Menschen und fähigen Arzt die Praxis verbieten, nur weil er ein Jude ist.« Mischas Zustand verschlechterte sich am nächsten Tag. Seine Temperatur stieg kritisch an, weswegen Anna sich entschloss, Doktor Meyer aufzusuchen. Sie wusste, dass sie von der Klinik keine Hilfe erwarten konnte, nachdem sie von der Krankenversicherung ausgeschlossen worden war.

Doktor Meyer war ein freundlicher, älterer Herr mit schütteren grauen Haaren. Das gebrochene Gestell seiner dunklen Hornbrille war mit einem Leukoplastband verklebt. Anna hatte in seinem moderaten Wohnzimmer Platz genommen. An der Unordnung konnte man erkennen, dass niemand für ihn sorgte: Zeitungsausschnitte aus alten Zeitschriften, aufgeschlagene Bücher und Kleidungsstücke bedeckten Tisch und Stühle. Er war noch im gestreiften Bademantel bekleidet, wofür er sich bei Anna entschuldigte, da er auf Besuche nicht mehr vorbereitet sei. Mit seinen klugen Augen musterte er Anna zunächst etwas misstrauisch. Es interessierte ihn zu erfahren, woher sie seine Adresse kannte. Ausführlich erzählte Anna über ihre Lage und die Beziehung zu Wilma, von der sie die Empfehlung habe. Doktor Meyer hörte Anna aufmerksam zu, dann fragte er:

»Sie sprechen mit einem Akzent, woher stammen Sie?« Nachdem Anna ihm erklärte, sie sei Russin, nickte er ihr mit einem warmen Lächeln verständnisvoll zu:

»Jetzt verstehe ich Ihr Problem!« Er erhob sich, öffnete die Glastür einer alten Vitrine, um ihr einen Sherry anzubieten. Höflich lehnte sie ab. Doktor Meyer schenkte sich ein Glas ein und nahm wieder Anna gegenüber Platz. »Sie wissen, dass ich Jude bin?« Anna bejahte, Wilma hatte es erwähnt. »Ich praktiziere nicht mehr. Man hat es mir verboten, deutsche Staatsbürger zu behandeln.« Anna schien nicht überrascht zu sein. »Ich kann mir denken, was Sie durchmachen, Doktor. Ich habe da meine eigenen Erfahrungen.« Doktor Meyer zeigte auf ein Foto mit einer glücklichen Familie. »Meine Familie lebte seit drei Generationen in Deutschland. Ich war Sanitätsoffizier im Weltkrieg und habe vielen Deutschen das Leben gerettet. Das, was Sie hier sehen, ist alles, was übrig geblieben ist. Heute bin ich ein ruinierter Mann.« Doktor Meyer nahm einen kleinen Schluck aus seinem Glas und stellte es auf den Tisch. Nach einer kurzen Pause fuhr er fort:

»Lassen Sie uns jetzt über Ihren Sohn Mischa sprechen. Offiziell kann ich Ihnen nicht helfen. Schreiben Sie mir Ihre Adresse auf. Nach Einbruch der Dunkelheit werde ich Sie besuchen … ›inoffiziell‹!« »Ich mache mir über Mischas hohe Temperatur große Sorgen, Doktor.« Doktor Meyer ging zum Schreibtisch, durchstöberte seine alte Medikamententasche, entnahm eine kleine Flasche und reichte sie Anna: »Geben Sie ihm einstweilen diese Tropfen, bis ich komme, die Gebrauchsanweisung steht auf der Flasche. Erst wenn ich Ihren Jungen gründlich untersucht habe, kann ich ihm andere Mittel geben.« Herzlich dankend verabschiedete sich Anna, denn sie wollte Mischa nicht zu lange alleine lassen.

»Sie sind eine gute Frau«, bemerkte Doktor Meyer beim Verabschieden: »Was wissen diese neuen Herren schon über die Liebe einer Mutter, die sogar riskiert, einen Juden aufzusuchen.«

Doktor Meyer erwies sich als selbstloser Nothelfer, der durch seine geheimen, diskreten Besuche nicht nur Mischa gesund pflegte. Auch Anna profitierte von seiner medizinischen und menschlichen Erfahrung, mit der er ihre psychische Labilität, besonders die Schlaflosigkeit in ihren kummervollen Nächten, kurierte.

Annas Opfer

Anna verließ die Fabrik durch ein großes, eisernes Tor und ging auf die Hauptstraße, die zur Straßenbahn-Haltestelle führte. Sie wirkte müde und abgespannt. Ihr leichter Mantel, obwohl schon abgetragen, zeigte immer noch Klasse, die sie von anderen Frauen unterschied. Gegenüber dem Fabriktor parkte ein zweitüriger, unauffälliger Pkw, dem ein Mann in dunklem Ledermantel entstieg und Anna folgte. An der nächsten Straßenecke, die sie gerade überqueren wollte, musste Anna stehen bleiben.

Der Mann, der sie verfolgte, ergriff plötzlich energisch ihren Arm. Anna drehte sich um und sah in das Gesicht von Barankowitsch. »Wieso bist du in Berlin?«, fragte sie erschrocken auf Russisch. Der Schock, diesen Mann wiederzusehen, fuhr durch ihre Glieder. Barankowitsch schien aufrichtig besorgt zu sein.

»Ich bin froh, dass ich dich endlich gefunden habe. Stalin und Hitler haben einen Pakt geschlossen. Zur Zeit ist es für mich sicherer in Berlin.« Zwei Arbeiterinnen aus Annas Abteilung, die an Barankowitsch und Anna vorbeigingen, hörten, wie beide miteinander Russisch sprachen. Sie erkannten Anna und flüsterten geheimnisvoll:

»Das ist der Mann, der im Wagen gewartet hat. Der ist bestimmt ein Agent, wir müssen das sofort der Gestapo melden. Ich wusste schon immer, dass man dieser Frau nicht trauen kann.« Barankowitsch nahm Anna beim Arm und führte sie über die Straße in ein Wirtshaus, um mit ihr ungestört sprechen zu können:

»Ich weiß über alles Bescheid, was inzwischen geschehen ist, Anna. Du brauchst Hilfe, deswegen bin ich hier. Erinnere dich an das, was ich dir damals gesagt habe:

›Du hast keine Zukunft in diesem Land‹.« Anna brach in Tränen aus. Barankowitsch legte zärtlich seinen Arm um sie: »Geh mit mir zurück nach Russland, in das Land, wo du hingehörst, deine Heimat. Ich werde für deine Zukunft sorgen.« Kaum fähig zu sprechen, fragte sie leise: »Und was für eine Zukunft würde das sein? Du willst, dass ich meinen Mann und meine Jungen aufgebe? Niemals, sie sind mein Leben!«

Beharrlich redete Barankowitsch auf Anna ein: »Du kannst für sie nichts mehr tun, Anna.« Sein Entschluss stand fest. »Ich werde in der Botschaft deine Ausreisedokumente vorbereiten lassen, denn so kannst du nicht mehr weiterleben«, beschwor er Anna. »Die Gestapo wartet nur auf die richtige Gelegenheit, es ist nur eine Frage der Zeit, dass sie dich holen. Du hast keine Wahl, es ist deine letzte Chance. Bitte, Anna, höre auf mich!« Verängstigt, mit leeren Augen, blickte sie auf Barankowitsch. Langsam schüttelte sie ihren Kopf und senkte die Augen: »Ich kann nicht«, kam es leise über ihre Lippen. Dann entfernte sie sich von Barankowitsch.

Als Anna spät nach Hause kam, war ihr Mann nicht anwesend. Mischa schlief fest in seinem Zimmer. Wie in Trance ging Anna durch die Wohnung. Angezogen von einer magischen Kraft blieb sie in der Küche nachdenklich vor dem »Gasherd« stehen. »Ist das die Lösung? Gas?«, dachte sie in diesem Moment. Schwankend setzte sie sich auf den Küchenstuhl, legte ihr Gesicht auf den Gasherd und schloss die Augen. Ihr Leben lief wie in einem Film an ihr vorüber, bis in der Ferne, im Nebel, Heinrich mit den Jungen vor ihr standen. Peters Fährtenmesser mit der Aufschrift »Blut und Ehre« stach Ludwig ihr ins Herz. Eine Stimme versetzte sie wieder in die Wirklichkeit. Vor ihr stand Mischa. »Mama, was machst du da alleine?« Verstört nahm sie ihren Jungen auf den Arm und trug ihn zurück in sein Bett.

Nach diesem Erlebnis war Anna von der tiefen Sehnsucht erfüllt, mit Heinrich zu sprechen. Sie öffnete eine Schublade und nahm die Kette mit dem goldenen Kreuz, das ihr Vater ihr beim Abschied in St.

Petersburg um ihren Hals gelegt hatte, in die Hand. Lange betrachtete sie das Kreuz mit einem wehmütigen Lächeln, küsste es und legte es behutsam wieder in die Schublade zurück.

Bevor Anna sich auf den Weg zu »Hermanns Gasthaus« machte, wo sie ihren Mann vermutete, ging sie noch einmal in Mischas Zimmer, der wieder fest eingeschlafen war. Sie kniete vor seinem Bett nieder, faltete die Hände und flüsterte zärtlich: »Mischa, mein Liebling, es ist nicht mein Leben, das zählt, sondern deines. Deine Mutter wird dich niemals verlassen, ohne dich könnte ich nicht nach Russland zurückkehren. Aber wenn ich bleibe, zerstöre ich deine Zukunft und das Leben deines Vaters. Was wird mit dir und Papa geschehen, wenn sie mich ins Konzentrationslager schicken? Was wird aus Ludwig und Peter? Ich will, dass ihr in einer Welt ohne Hass und Gewalt leben könnt! Oh, Gott, schütze meine Familie und zeige mir meinen Weg.« Zärtlich küsste sie Mischas Wangen.

Vor »Hermanns Gasthaus«, an einer Straßenlaterne, hielt sich Anna fest, um Kraft zu sammeln. Ein offener Lastwagen mit singenden SA-Männern fuhr vorbei. Einer der Männer zeigte laut rufend auf Anna:

»Schaut euch die da an, die ist ganz schön voll gelaufen!« Laut lachend fuhren sie davon. Heinrich saß an seinem Stammtisch bei »Hermanns«, spielte Karten und diskutierte mit seinen Tischnachbarn. Als Anna das überfüllte Gasthaus betrat, schlug ihr eine dichte Wolke von Zigarrenrauch und lautes Stimmengewirr entgegen.

Sie erblickte Heinrich am Stammtisch und bemühte sich, zu ihm vorzudringen. Dabei musste sie an eng aneinander gestellten Tischen und Stühlen vorbei, auf denen sich braun-schwarz uniformierte SA- und SS-Männer fläzten, die sich mit erhobenen Biergläsern laut zuprosteten. Sie starrten auf Anna, die sich mühsam einen Weg bahnen musste. Grinsend streckte ein angetrunkener SS-Mann absichtlich seinen schwarzen Stiefel aus, um Annas Weg zu blockieren, dabei stolperte sie über sein ausgestrecktes Bein und stürzte zu Boden. Schallendes Gelächter brach aus.

Lüsterne Gaffer machten sich einen Spaß daraus, Anna beim Aufstehen zu hindern, grapschten nach ihrem Körper mit rüden und primitiven Sprüchen. Verzweifelt versuchte Anna sich aus den Händen dieser gewalttätigen Männer zu befreien.

Durch das penetrante Gelächter aufmerksam geworden, erkannte Heinrich plötzlich mit Entsetzen Anna in ihrer hilflosen Lage. Er sprang vom seinem Stuhl auf, drängte sich resolut durch die Menge zum Tisch der sich amüsierenden SA- und SS-Männer, um Anna zu befreien. Sarkastisch grinsend wollte ein SS-Mann Heinrich gewaltsam aufhalten. Daraufhin versetzte Heinrich ihm einen Kinnhaken, wodurch der SS-Mann über den Tisch fiel und die Biergläser nach allen Seiten zu Boden rollten. Heinrich hob ein Bierglas auf, das ihm vor die Füße rollte und warf es gegen die Wand. Dabei traf er das eingerahmte Hitler-Bild, das krachend herunterfiel:

»Ihr verdammten Mörder, lasst meine Frau in Ruhe!« Damit hatte er sein eigenes Todesurteil gefällt. Trotz ihrer desolaten Situation sah Anna das hasserfüllte Gesicht eines SS-Mannes, der kaltblütig seine Pistole zog und auf Heinrich zielte, entschlossen ihn zu töten. Ohne zu zögern stürzte sich Anna zwischen den SS-Mann und Heinrich, um ihren Mann zu schützen. Ein Schuss fiel und die Kugel drang durch Annas Rücken in ihr Herz. Wie versteinert hielt Heinrich den leblosen Körper seiner Frau in seinen Armen. Für einen Moment konnte er nicht begreifen, was geschehen war. Langsam glitt er zu Boden, Anna fest in seinen Armen haltend. Ihre offenen Augen starrten auf Heinrich. Flüsternd bewegten sich noch ihre Lippen, bis sie für immer verstummten. Fassungslos blickte Heinrich auf Annas Blut in seiner Hand ... Aufschreiend, in Schmerz und Verzweiflung, drückte er sie an sich:

»Anna, meine geliebte Anna, ... nein ... nein ... Oh, Gott, nein ...
Anna, Anna, vergib mir!«

Der unverzüglich erfolgte Notruf durch den mutig handelnden Wirt Fritze Hermann an Polizei und Rettungsstationen versetzte die Nachbarschaft in große Aufregung, als mit heulenden Sirenen Polizei und Krankenfahrzeuge vor »Hermanns Gasthaus« eintrafen. Neugierige Passanten wurden von Polizeibeamten abgedrängt. Ein Kriminalkommissar verfügte die Beschlagnahme von Annas Leiche und den Abtransport in ein Leichenschauhaus. Obwohl der SD-Sicherheitsdienst und die SA-Parteiführung alle Tricks anwendeten, um Annas Tod als Unfall zu verschleiern, konnten sie es nicht verhindern, dass die wahre Ursache ihres Todes zum Tagesgespräch wurde und bei vielen Empörung auslöste. Ein Untersuchungsausschuss behauptete später, dass der Todesschütze in Notwehr gehandelt habe. Die Augenzeugen waren ausschließlich SA- und SS-Männer. Andere Zeugen wurden nicht zugelassen.

Auf dem Golgatha-Friedhof, unter bewölktem, grauem Himmel und großer Anteilnahme der Bevölkerung, womit niemand gerechnet hatte, versammelte sich die Trauergemeinde am offenen Grab, um Anna Petrovka die letzte Ehre zu erweisen.

Heinrich Bredow, gezeichnet von seinem tiefen Schmerz, war ein gebrochener Mann. Mit leeren Augen starrte er stumm auf Annas Sarg, der mit Blumen überdeckt war. Mischa stand neben seinem Vater und konnte nicht verstehen, was mit seiner Mutter geschehen war und warum die vielen Menschen um ihn herum weinten.

Seine Brüder Ludwig und Peter konnten an der Beerdigung ihrer Mutter nicht teilnehmen, da im Landschulheim eine Virusepidemie herrschte und deshalb von der Schulleitung eine Quarantäne verhängt worden war. Neben Wilma, Martha, Max und Doktor Meyer waren auch einige alte Kollegen von Heinrich erschienen, dazu der Kirchenchor der St. Lukas-Pfarrkirche und die Blaskapelle von Heinrichs Männergesangverein. Sogar das gesamte Personal vom YAR-Restaurant mit den russischen Musikern wollte mit ihrer Anwesenheit ihre Verehrung von Anna und Heinrich Bredow demonstrieren. Abseits von der Menge standen Obergruppenführer Wagner in Zivil mit zwei Gestapo-Beamten in langen, schwarzen Ledermänteln und Filzhut.

Distanziert beobachteten sie die Gesichter der Anwesenden.

Allein, unter einem Baum, stand Barankowitsch mit einem Blumenstrauß in der Hand.

Viele namenlose, mitfühlende Menschen waren dem Trauerzug nach der Aussegnung in der kleinen Kapelle gefolgt.

Pastor Bonnhof hielt nur eine kurze Grabrede: »Herr, wir neigen unser Haupt in Dankbarkeit, dass du dich in dem liebenden Herz dieser edlen Frau verherrlicht hast.

Anna, dein Opfer, für andere zu leben und zu sterben, beschämt uns. Es öffnet unsere Augen, um zu erkennen, wie wenig wir ohne Liebe sind ... Auch wenn wir die ganze Welt erobern. Ohne Liebe hätten wir den Sinn unseres Lebens verfehlt!« Vorwurfsvoll blickte Pastor Bonnhof auf Wagner, der teilnahmslos auf seine Armbanduhr schaute. Nach dem Bläser-Choral sang der Kirchenchor die Motette: »Ich will dich lieben, ewig lieben«. Es war ein besonderer Wunsch von Heinrich. Danach spielten die Russen auf ihren mitgebrachten Instrumenten Annas russisches Lieblingslied. Für kurze Zeit brach die Sonne durch die Wolken und erhellte das Grab. In der ergreifenden Stille war nur das leise Schluchzen der Trauernden vernehmbar.

Barankowitsch, der unter dem Schutz der russischen Botschaft stand, näherte sich Wagner mit einem zynischen Blick und überreichte ihm Annas, von der russischen Botschaft neu ausgestellten Pass, der ihre Ausreise aus Deutschland ermöglichen sollte. Wagner zögerte zunächst, dann nahm er den Pass und steckte ihn schnell in seine Manteltasche. Danach versuchte Barankowitsch mit Wagner ins Gespräch zu kommen: »Herr Obergruppenführer, nachdem Sie das Problem Anna Bredow nun auf Ihre Weise gelöst haben, sollten Sie den Vater der Kinder in Ruhe lassen. Heinrich Bredow ist ein ehrenhafter Mann, der seinem Vaterland treu gedient hat.« Spöttisch und mit arrogantem Hochmut reagierte Wagner:

»Ein Deutscher, der nicht bereit ist, eine dekadente slawische Frau unserem Führer zu opfern, der allein dazu berufen wurde, die Welt zu erobern, um eine neue Weltordnung zu schaffen, hat keinen Platz in unserer historischen Bewegung.« »Was macht Sie so sicher, die Welt erobern zu können, Herr Obergruppenführer? Deutschland ist nur ein kleiner Fleck auf der Weltkarte«, antwortete Barankowitsch zynisch. »Weil wir die wirkliche auserwählte ›Herrenrasse‹ sind. Dafür hat die Vorsehung unseren Führer Adolf Hitler bestimmt. In Zukunft werden die Slawen und andere minderwertige Rassen von der Superiorität des Deutschen Reiches beherrscht werden.« »Das ist sehr interessant, Herr Obergruppenführer. Ich nehme an, ›Generalissimo Stalin‹ wird sehr erfreut sein, das zu hören.« Barankowitschs zynische Bemerkung ignorierend, fuhr Wagner fort: »Bredow ist ein schäbiger Charakter. Er hat das deutsche Volk verraten, das bedingungslos hinter dem Willen unseres Führers steht.« Barankowitsch warf Obergruppenführer Wagner einen verächtlichen Blick zu, dann drängte er sich nach vorne und warf mit einem wehmütigen Blick seinen Blumenstrauß in Annas Grab und flüsterte kopfschüttelnd einige russische Worte dazu. Anschließend ging er langsam auf Heinrich zu. Es war das erste Mal, dass beide sich gegenüberstanden. Barankowitsch streckte ihm seine Hand entgegen und sagte:

»Ich bin Barankowitsch!« Heinrich verzog keine Miene. Zögernd nahm er Barankowitschs ausgestreckte Hand, wobei sich ihre Blicke in stillem Verstehen begegneten.

Die beiden Gestapo-Beamten gingen entschlossen auf Heinrich zu, nahmen ihn in ihre Mitte und forderten ihn auf, ihnen zu folgen. Heinrich drückte Mischa noch einmal fest an sich:

»Sei tapfer, mein Junge, so wie es deine Mutter immer war.« Verstört rief Mischa ihm nach: »Papa, gehst du jetzt zu Mama?« Heinrich winkte seinem jüngsten Sohn mit Tränen in den Augen zu:

»Ja, Mischa.«

Außerhalb der Friedhofsmauern marschierten singende SA-Kolonnen mit wehenden Hakenkreuzfahnen: »Wir werden weiter marschieren, bis alles in Scherben fällt, denn heute, da hört uns Deutschland und morgen die ganze Welt.«

»Wohin marschieren die?«, fragte Mischa. Barankowitsch dachte über Mischas Frage nach. »Ins Massengrab«, antwortete er für sich, »aber die wissen es noch nicht.«

hänssler

Weiterhin spannende Unterhaltung mit:

Cindy McCormick Martinusen
Die blaue Fliese
Pb., 380 S., Nr. 393.952, ISBN 3-7751-3952-4

Österreich – November 1944
Im Kampf für den Widerstand gegen Hitler schworen sich fünf Männer, in allem zusammenzuhalten. Sie kämpften Seite an Seite; sahen, wie einer der Ihren starb und erlebten den Horror eines Sieges, der keinen wirklichen Frieden brachte.

Gegenwart
»Mama, wird Papa jemals wiederkommen?«, fragt Abbie, während sie ihre Mutter Kate ansieht. Dieselbe Frage stellt sich Kate Porter seit drei Jahren. Jetzt gehören Verwirrung, Angst und Albträume zu ihrem Leben wie Ratenzahlungen für das Auto, Einkaufen und der wachsende Berg von Geschenken für Papa. Jack Porter ist spurlos verschwunden. Ein Stück einer zerbrochenen blauen Fliese ist Kates einzige Verbindung zu Jack und zu den Männern, die ihr weiterhelfen können. Durch Geheimnisse getrennt, muss sich die zerstreute Bruderschaft mit Kate zusammentun, um den Mann zu jagen, der droht, sie alle zu zerstören.

Athol Dickson
Tödliche Nächte in New Orleans
Pb., 380 S., Nr. 393.987, ISBN 3-7751-3987-7

Die Jüdin Ruth Gold und ihre christliche Freundin Kathy O'Connor bezeugen, dass Salomon Cantor im jüdischen Gemeindezentrum eine Evangelistin ermordet habe.
25 Jahre später hat Cantor seine Haftstrafe abgesessen und ist wieder frei. Kurz nach der Freilassung Cantors wird ein Freund von Ruth ermordet. Sie hat Angst, dass Cantor dahintersteckt und nimmt Kontakt zu ihrer alten Freundin Kathy auf. Als weitere Morde geschehen, wenden sich die beiden mit ihrem Verdacht an die Polizei.
Auch Cantor selbst ist nicht verborgen geblieben, dass alles auf ihn als Täter hinweist. Nach seiner Haftentlassung versucht er, sein Familienleben zu ordnen und den wirklichen Täter zu finden.
Athol Dickson verwebt die verschiedenen Handlungsstränge zu einem mitreißenden Roman, der bis zur letzten Seite spannend bleibt. Gleichzeitig thematisiert er die Beziehungen zwischen Juden und Christen mit ihren Unterschieden und Gemeinsamkeiten in der Grundlage ihres Glaubens.

Bitte fragen Sie in Ihrer Buchhandlung nach diesen Büchern!
Oder schreiben Sie an den Hänssler Verlag, D-71087 Holzgerlingen.

das bedingungslos hinter dem Willen unseres Führers steht.« Barankowitsch warf Obergruppenführer Wagner einen verächtlichen Blick zu, dann drängte er sich nach vorne und warf mit einem wehmütigen Blick seinen Blumenstrauß in Annas Grab und flüsterte kopfschüttelnd einige russische Worte dazu. Anschließend ging er langsam auf Heinrich zu. Es war das erste Mal, dass beide sich gegenüberstanden. Barankowitsch streckte ihm seine Hand entgegen und sagte:

»Ich bin Barankowitsch!« Heinrich verzog keine Miene. Zögernd nahm er Barankowitschs ausgestreckte Hand, wobei sich ihre Blicke in stillem Verstehen begegneten.

Die beiden Gestapo-Beamten gingen entschlossen auf Heinrich zu, nahmen ihn in ihre Mitte und forderten ihn auf, ihnen zu folgen. Heinrich drückte Mischa noch einmal fest an sich:

»Sei tapfer, mein Junge, so wie es deine Mutter immer war.« Verstört rief Mischa ihm nach: »Papa, gehst du jetzt zu Mama?« Heinrich winkte seinem jüngsten Sohn mit Tränen in den Augen zu:

»Ja, Mischa.«

Außerhalb der Friedhofsmauern marschierten singende SA-Kolonnen mit wehenden Hakenkreuzfahnen: »Wir werden weiter marschieren, bis alles in Scherben fällt, denn heute, da hört uns Deutschland und morgen die ganze Welt.«

»Wohin marschieren die?«, fragte Mischa. Barankowitsch dachte über Mischas Frage nach. »Ins Massengrab«, antwortete er für sich, »aber die wissen es noch nicht.«